【不倒】
迷都最強クランの副長
タチアナ

迷宮都市最強クラン【薔薇の庭園】の副長。貧乏くじを引かされることが多い。ハルの『楯』となる素質を持つ。



# 辺境都市の育成者

The mentor in a frontier city

【雷姫】
レベッカ

育成者の指導を受け、才能を花開かせた冒険者の少女。ハルの『剣』となるため彼に付き従う。

## 5 神降りし英雄

The hero with god

「――……有罪確定」
謎多きギルド職員
エルミア
ギルド職員をしているが、実はハルの弟子の最古参。
狩るもの、狩られるもの

「ス、スグリ、我を裏切るのであるかっ!?」
【拳聖】
戦闘バカ猫
ラカン
魔法の暴発で猫になってしまったハルの弟子。拳一つで山を平地に変える。
「冤罪っす!!!!!」
【嵐刃】
狐族の巫女服少女
スグリ
秋津洲出身で符術を扱うハルの弟子。ラカンに付き従って各地の紛争に現れるため、【戦争屋】の異名も持つ。

「新しき世代も育ってきて、
吾輩、つい胸が高鳴ってしまうのであるっ！」
南国にて特訓

「朝から五月蝿い猫。
レベッカ、とっとと殺れ」
「単語が可笑しくない？
まぁ――やるけどねっ！」

「「「ハル！」」」

黒髪の青年は静かに私達へ感謝を告げ——最後の突撃。
「……皆、ありがとう。
本当にありがとう」
育成者VS魔神

「私とて【十傑】の一人。
この首――安くはないぞっ！」
【四剣四槍】
南方大陸の英雄
ルゼ・ルーミリア
南方大陸で女王国を建国し、沿岸部の制覇目前まで行った英雄で、【十傑】の一人。以前は四本ずつの魔剣と魔槍を魔力で同時に操るスタイルだったが、現在は病に侵されていて――!?

# 辺境都市の育成者5
## 神降りし英雄

七野りく

ファンタジア文庫

3158

口絵・本文イラスト　福きつね

CONTENTS

# 辺境都市の育成者

## 5

## 神降りし英雄

The hero with god

# CHARACTER

〈登場人物紹介〉

## ハル

【辺境都市の育成者】。黒髪眼鏡の謎の青年。

## レベッカ・アルヴァーン

【雷姫】。ハルの教え子で彼を慕う。

## タチアナ・ウェインライト

【薔薇の庭園】副長。異名は【不倒】。

## エルミア

ハルの傍にいる白髪メイド服少女。最古参の教え子の一人。

## タバサ・シキ

十大財閥の一角【宝玉】の跡取り娘。快活な性格。

## ニーナ

タバサ付メイドでハルから菓子作りを習っているハーフエルフ。

## メル

大陸に武名を轟かす【盟約の桜花】副長。【閃華】の異名を持つ。

## ラヴィーナ・エーテルハート

【星落】の魔女。最古参の教え子の一人。

## ユグルト、ユマ

世界とハルに復讐しようとしている謎の黒外套達。

## 春夏冬秋（あきなしあき）

世界を救った【勇者】。故人

# プロローグ　南方大陸東部　枯死の谷

「はぁぁぁぁぁぁ！！！！！！！！！！」


　私――ルーミリア女王国女王、ルゼ・ルーミリアが裂帛の気合と共に放った魔槍の横薙ぎは、敵先鋒を文字通り薙ぎ払った。自分の長い黒茶髪が血風に靡く。

【十傑】の一角、【四剣四槍】の異名となった四本の魔剣と四条の魔槍同時顕現は、病に侵された身では到底出来ない。

　奇妙な三角傘のような軍帽を被り、黒一色の甲冑で統一された異国の魔銃兵達――【国崩し衆】と禍々しい黒骸骨達が吹き飛び、地面に叩きつけられて動かなくなる。

　東方、秋津洲皇国で製作された魔銃が壊れ地面へと落下。次々と突き刺さり、黒骸骨達も砕け、消えていく。

　無数の照明弾と灯りに照らされている月夜の敵陣に動揺が走り、前進が停滞。

　今宵、前線に出ていなかった私が、最終局面かつ単独で打って出て来るとは想定していなかったのだろう。鎮痛薬が効いている内に叩かねば。

前方には故国を守る為、強大な敵と戦い倒れた多数の我が軍の兵達。

南方大陸東部。ルーミリア女王国首府郊外にある峡谷、通称『枯死の谷』で行われた侵略者との決戦は最終盤を迎えつつあった。

そう……私達の敗北という結果で。

敵は異国の魔銃兵達と数え切れぬ黒骸骨の大軍。

そして、私と同格の【十傑】――東方より来し【国崩し】と【万鬼夜行】。

序盤は我が軍が峡谷の利を活かし、寡兵ながら善戦したものの……遂には圧倒的な黒骸骨の数と魔銃の弾幕射撃に押し込まれて敗勢となってしまったのだ。

敵が【国崩し】達だけなら、十二分に防衛可能だったのだが、【国崩し】が人ならざる妖魔の女王【万鬼夜行】を極東の秋津洲皇国から呼び寄せていたとは……。

この地にやって来て約七年。外聞を取り繕う余裕を失っているのだろう。

奴等は私達と戦う度、確実に数を減らしている。先だっての戦いでも大打撃を与え、攻勢再開は半年以上かかると踏んでいたのだが……見誤ったっ。

　後方で未だ戦場に踏み止まっている近衛兵達が、悲鳴じみた叫びをあげた。

『女王陛下っ、お退きをっ！　殿は我等がっ！！！！』

　……良い兵達だ。

　私は血に濡れた槍を構え直し、目線を落とす。

　白の軍装が所々紅く染まっている。体調万全ならば浴びたことなぞなかった。

　敵戦列は落ち着きを取り戻し、前衛には無数の黒骸骨達が槍衾を形成しつつある。

　私は近衛兵達へ命令。

「殿は私が引き受けるっ！　皆、生きて帰り王府の守りを固めよっ‼　妹達も何れ異国より戻って来よう。——後から必ず私も戻る！」

「っ！　へ、陛下……くっ！　急げ、撤退だっ！」『……はっ！』

　近衛女性隊長のベリトが唇を噛み締め号令を発し、退いていく。……良し。

　あ奴等がいて、妹達の帝国、王国、同盟への助勢要請が間に合えば国は保てるだろう。

　故国を敗亡の手前まで追い込んだ私は——この地で敵を一人でも多く道連れとする！

　私は視線を敵戦列へ向け、前傾姿勢を取った。

　犬歯を剝き出しにし宣告。

「さて、殺るとしようか。私とて仮にも世界最強を謳われる【十傑】の一人。この首——

安くはないぞ？　半数は道連れにしてやろうっ！！！！」

『～～っ！』

異国の敵兵の顔に色濃い恐怖が浮かぶのがはっきりと見えた。

原因不明の病に侵された身体には激痛が走るが無視し、獅子吼する。

「いくぞ――雑魚共っ！　死にたくなくば、我が槍先の前に立つなっ！！！！」

気闘術を全力解放。

自身を暴風と化し、前方の敵戦列へ突撃を開始する。

「は、放てっ！　魔銃が壊れるまで放ち続けろっ‼」

後方にいる敵の若い指揮官が表情を引き攣らせながら雑兵達を焚きつけた。

百を超す黒骸骨達が、骨の擦れる不快な音を出しながら殺到してくる。

「はぁっ！」

私は槍の穂先に魔力を集め――白銀の一閃。

黒骸骨の悉くを両断。塵に返す。魔銃兵達までの路が切り開かれた。好機！

地面を蹴り、敵陣へ遮二無二突き進む。

「ひっ！」「ば、化け物、化け物っ‼」「魔銃が、魔銃が効かねぇっ！」

敵兵達の中に恐怖が伝播し、弾幕が乱れる。

魔銃は確かに強力な武器だが、一弾一弾ならば、十二分に防ぐことは可能。

弱り切った我が身であっても槍の距離にまで辿り着き、乱戦となれば……。

「怯むなっ！　奴は死にかけっ‼　悪足掻きをしているに過ぎん!!!」

白髪の敵老副官が進み出て来て的確な指示を飛ばす。やりおる。

【国崩し】の衆が僅か数年で、ルーミリアと伍す勢力となった理由は【十傑】の力だけではない。

私は、我が身を更に加速。敵戦列を薙ぎ払おうとし――

「ぬっ！」

骨が砕ける音と共に、地面に描かれた召喚陣から現れた人の五倍はあろう巨大な黒骸骨が立ち塞がって来た。

その数、十数体！

「私の、邪魔を、するなぁぁぁぁぁぁ！！！！！！！！！！！！！」

一体、二体、三体――黒骸骨達を打ち倒しながら前進を続けるも、突進の勢いは減じ、病身の身体が悲鳴をあげ、纏っていた暴風もまた弱まっていく。

「……ぐっ！」

振り下ろされた複数の巨大な骨の槍や斧を受け止めるも、遂に前進が停止。

敵戦列後方から野太く冷たい男の声が響いた。大陸共用語の訛りが耳障りだ。

「——今だ。骸骨ごとデいい。ありったけを叩き込メ。構えろ」

混乱しつつあった魔銃兵達が一斉に魔銃を構えた。まずいっ！

「はぁなァてぇぇぇぇぇぇ！！！！！！！！！！！！！！」

「つっっっ！」

峡谷全体に男の射撃命令が轟く。

次の瞬間——数千の魔弾が私へ向かって放たれた！

「く…………………はぁ…………はぁ…………はぁ……………」

永遠とも思える射弾の嵐の後、私は砕けた岩に背を預け、荒く息を吐いていた。

辛うじて防ぎ切ったものの……槍の穂先は半ばから折れ、魔力は著しく減衰。

心臓が悲鳴をあげ、全身から激痛。

——ぬっ、と黒骸骨達が砂埃の中から現れた。

無造作に巨大な斧を振り下ろしてくる。

「舐める、っ⁉」

即座に迎撃しようとするも、身体は動かず。私は吹き飛ばされ地面に転がった。

ザッ、ザッ、ザッ。という音と共に、骸骨の槍兵達を前衛にした魔銃兵共が前進。

ボロボロの軍装の私を取り囲んだ。

「ぐっ……。はぁ……はぁ………はぁ…………」

折れた槍を支えに立ち上がろうとし地面に倒れる。

「苦しそウなとこ悪イが、手加減はシねェぞ？　お前は今宵、殺しテ――……ああ。俺の女になる、ってんなら、生かしておいてやってもイイゼ？　国は貰うガなぁ」

包囲の奥から好色の視線を私へ送って来たのは、先程指揮を執った訛りのある大陸共用語を操る、黒髪黒髭の野卑た大男。

戦塵に汚れた甲冑を身に着け、左手には巨大な魔砲を持っている。

――【国崩し】橋本悪左衛門祐秀。

秋津洲皇国から南方大陸へ一族と共に流れて来た恐るべき魔銃使い。

個の接近戦闘力こそ私に劣るものの……謀略、調略、用兵術によって我が国を追い込んだ恐るべき怪物だ。今も、言葉とは裏腹に多数の兵を峡谷の左右高所に布陣させている。

気力だけで立ち上がり、吐き捨てる。

「貴様に抱かれるくらいならば死んだ方がマシだ。今すぐ、そっ首を取ってやるっ！　そこで待っていろ！！！！」

大男は私の虚勢をせせら笑う。

「……おいオイ。無理はするモンじゃねェ。あんたの病ガ重いことはよーく知っテいるんだ。御自慢の【四剣四槍】はドウしたんダよ？」

二年程前、謎の病に侵されるまで、私は四本の魔剣と四条の魔槍を戦場で操り不敗であった。

だが……こいつはどうやって、私の病状を知ったのだ？

折れた魔槍を突きつけ、視線を男へ叩きつける。

「……お前程度には、これだけで十分だっ！」

「ハハハ。減らず口ヲ叩きやがる。嫌イじゃねぇゼ、女王様。やっぱり、俺の女に——あん？　何だよ、姐さん。今、イイとこなんだが？」

〈………何か来る〉

【国崩し】の隣に、音も気配もなく突然、長い銀髪の女が現れた。

左の瞳は前髪に隠れていて見えず、漆黒の民族衣装を身につけ、裾を引き摺っている。

——【万鬼夜行】。

本名は知られていない恐るべき妖魔の女王。

開戦以来、一切表情を崩さなかった妖女の瞳に微かな緊張が見て取れた。

「また姐さんお得意の予知カヨ……構えろ！」

悪左衛門が号令を発し、敵兵達は私へ魔銃の照準を合わせた。

――その時だった。

『!?』

轟音と共に右の崖の敵兵が地面ごと吹き飛び、敵軍中央の半ばが土砂に埋まる。

絶叫と悲鳴。敵軍からの強い動揺。

粉塵が巻き上がり、視界が閉ざされていき――私は誰かに身体を抱えられ、空を舞った。

「お姫さん、軽いっすねっ！　乳も尻もでっかいですし……世の中は不公平っす！　にしても、兄貴、ま～た地形変えちゃって……ハルお師匠のお説教不可避っすね………」

そう悪態をついたのは白い奇妙な服を着ている、小柄な獣人の少女だった。

金色の獣耳と瞳。お世辞にも男受けする体形ではない。

この粉塵の中でも、土砂が付着していないのは呪符の効果なのだろう。

離れた地面に降ろされ、私は喘ぎながら詰る。

「はぁ、はぁ、はぁ………【戦争屋】か？　随分と遅かったのだな」

「あんまりその異名好きじゃないんすよね……まぁ、そっすよー。スグリっす。遅くなって申し訳なかったっすけど、文句は兄貴にお願いするっす」

既知の少女は尻尾を振りながらあっさりと答えた。

——【戦争屋】。

北方の双神大陸と南方大陸とで活動している手練れの傭兵だ。

月夜を汚す土煙を突き破り、小さな影が私達の前に降り立った。

ボロボロの外套に黒道着。草履と呼ばれる東方の履き物。

風を感じている獣耳と尻尾。ピンと立つ六本の髭。灰色の毛に覆われた可愛らしい手足。

腕組みする手にはほんのり赤い肉球。

——二足歩行の灰色猫が振り返り、牙を見せながら、ニカッ。

「久しいな【四剣四槍】殿！　【拳聖】ラカン、増援の依頼を請け、只今推参したっ‼　殿の任、御見事。『いざ、尋常に！』と言いたいところではあるが、病を持つ女子を倒しても我が武勲の誉れにはならず。残念無念。これより先は吾輩に任せるのであるっ!!!」

何度見ても、現実離れしている灰色猫の言いように私は鼻白む。

見ていたのなら、とっとと参戦してくれればいいものを。気分屋めっ。

——だが、この奇妙な猫は強い。

万全の私であっても勝てるかは怪しい程に。

「……そこの娘にも言ったが、遅かったな。それと、【十傑】二人相手に勝てるのか？」

私がスグリを通じ、ラカンに依頼をかけた際の戦力想定は【国崩し】だけだった。

「むむっ！　手痛い指摘なのであるっ！　だが、心配無用に願う！　吾輩には頼りになる妹弟子がいる故！」

「兄貴。相手は【十傑】の内の二人なんすよ？　お師匠にバレた時が怖いっすっ」

狐族の少女は反論しつつも何処となく嬉しそうだ。

土煙が晴れ始める中、ラカンが大笑した。

「はっはっはっ！　心配症だと胸も大きくならぬぞ？　吾輩は昔々、師にこう習ったのである。『確信があるならば、君の好きなように進めばいい』と。正に金言！　吾輩はそれ以降、我が拳の導くまま今日まで生きてきたのであるっ」

スグリはジト目。左手に呪符を広げ、膨大な魔力を集め始める。

「……つまり兄貴の背中を戦闘中に刺してくれってことっすよね？　ね！」

「おおぅ！　妹弟子から本気の殺意！　吾輩、嬉しいのである！　来るがいいっ！　兄弟子として、南神海より広い胸で受け止めてみせるとしようっ！」

「…………今度、エルミア姉に報告するっす」

「ま、待てぃ！」

今までの余裕綽々の態度は何処へやら、ラカンが急に慌てふためく。

……エルミア？　その名、史書で読んだような。

「こ、殺される……殺されてしまうっ！　傍若無人を極め抜いている姉弟子は、加減という単語自体を知らぬのだっ。わ、吾輩はまだ死ぬわけにはいかぬっ！　元の超絶カッコよい身体にいい加減、戻らねばならぬしなっ」

「見果てぬ夢っすねぇ。もうその呪いを解ける人なんて殆どいないっすよ？」

「ぐぬぬ……スグリ、姉弟子達に物言いが似てきたのであるな。吾輩は――」

砂埃を突き破り、見上げる程、巨大な黒骸骨が斧を振り落としてきた。

「小気味いい会話を妨げるとは、無粋なのであるっ！」

私が注意喚起するよりも早く猫は跳躍し、頭を小さな足で蹴り飛ばした。

――骸骨の頭が砕かれ、地鳴りをあげて地面に倒れる。

ようやく見えてきた敵魔銃兵達は、倒れ消えていく巨大黒骸骨に絶句。

灰色猫がゆっくりと構え、スグリも呪符による強固な結界を張り巡らしていく。

「心配いらないっすよ。兄貴は馬鹿で、遅刻魔で、妹弟子に優しくないっすけど」

「か、構えっ！！！！」

敵の若い指揮官が号令を発した。無数の銃口がラカンに照準。

「放てっ！」「――最強っすから！」

少女の言葉と同時に無数の魔弾が振り注ぎ――ラカンの背中から、目にはっきりと見える程の闘気が迸った。

峡谷の大気全体を震わすような強大な魔力の鼓動。


「はっ！！！！」


ラカンは地面に向かって右拳を放った。

瞬間――耳の許容限界を超える音と共に、地震でも起きたかのように大地そのものが大きく揺れ、地が裂け、衝撃で降り注ぐ魔弾が吹き飛ぶ。

敵兵達が呆け……恐怖の表情へと変わっていく。

防御陣地奥に退いていた【国崩し】の顔が引き攣り、口が『嘘だろ、おい』と動いた。

地割れが凄まじい速さで走り、敵戦列を飲み込んでいく。

多くの敵兵達から士気が急速に失われているのを肌で感じる。

「いくぞっ！　遥か極東の強者達と妖魔の群れよっ‼　吾輩を楽しませよっ‼」

ラカンは叫び、地面に腕をつけ、身を屈め——跳躍。

瞬時に間合いを殺し、戦列を必死に維持しようとしている敵部隊に襲い掛かる。

『っっっ！？！！！』

——可愛らしい小さな手足が振るわれると、骨が砕け、肉片と鮮血が舞い散った。

敵の防壁は紙以下の効果しか発揮せず、小さな身体が被弾面積を局限化。

統制の取れていない火力ではそもそも捉えることすら出来ず、辛うじて捉えた魔弾も消失。信じ難い防御障壁！

気付けば此方への射撃はなくなり——敵兵はただ生き残る為、小さな悪魔だけを目標にしていた。

呆然とする私を後目に、スグリは肩を竦める。

「兄貴の心配するのなんて無駄っす。うちのお師匠、過保護なんですけど、兄貴へは『好きにしていい』って言うんす。つまり——それだけ強いからなんすよ」

その間も恐るべき猫は戦場を縦横無尽に駆け、蹂躙していく。

敵戦列から悲鳴と怒号が聞こえてきた。

「隊列を組んで弾幕を張れっ‼　悪鬼を近寄らせるなっ‼」「糞っ！　糞っ‼」「こっちの防御障壁が意味を成してないぞっ！」「魔銃が効かない！　こいつ……鬼神か⁉」

「ははははっ！　愉快——愉快であるぞぉぉ。吾輩、血が滾るのであるっ‼　もっと、もっと、吾輩を楽しませてほしいのであるっ!!!」

次々と黒骸骨を粉砕し、敵魔獣兵を倒していく猫が愉悦の叫び声をあげている。

可愛らしい手足の打撃が振るわれる度、地形そのものが変化していく。

ラカンが振りまいている死の嵐は、私がかつて数多の戦場で起こしてきたモノと同種。

だが……私と故国をここまで窮地に追い込んだ【国崩し】と【万鬼夜行】がこの程度で終わる筈がない。何かしらの手を残している筈だ。

大気すら震わす大声が戦場に響き渡る。

「手前等っ！　気合ヲ入れやがレっ‼　俺が出張ルから、堪えろっ!!!」

【国崩し】が自分の部下へ号令を発すると、火力が更に激しくなった。無数の盾魔法も展開されていく。

隣に立っていた妖女も右手を翳した。

精緻な魔法陣が形成され、数千に及ぶ歩く黒骸骨の軍隊が出現。

これが、たった一人で一国に匹敵する伝説の召喚士——【万鬼夜行】。

猫はますます愉しそうに叫び、跳び、粉砕し、【国崩し】へと迫る。

「おおうっ！　激しい砲火である。そして、死霊術か。短時間にこの数とは素晴らしいのであるっ！　さぁ、次を見せてみよっ！」
「油断シてんじゃねぇゾ‼　糞猫っ！！！！」
戦列奥から、【国崩し】が百門を超えるだろう魔砲を顕現、照準を合わせている。
月が隠れた。いや――隠した。
〈……潰す〉
上空から【万鬼夜行】の冷たい声。
王冠を被り肉断ち包丁を手にした一際巨大な黒骸骨の肩に座り、ラカンを指差す。
スグリが顔を顰め、ラカンを呼んだ。
「……嫌な風っす。兄貴」「うむ！　頃合いなのであるっ‼　とうっ!!!」
掛け声をあげ、猫が跳躍。ひらりと、私達の前へと舞い戻った。
「誰ガ逃す――ン？」〈っ！〉
【国崩し】と【万鬼夜行】が左の崖に視線を向けた。
何時の間にか、配置されていた敵兵の気配が消失している。
風が吹き、【万鬼夜行】の左目が露わになった。凄まじい憎悪と……微かな恐怖。
私達も左の崖に視線を向けた。
月灯りの下、一人の少女が姿を現す。

長い黒髪。淡い翡翠色の異国の装束と、確か下駄と呼ばれる履き物。左手に持っている宝珠は禍々しい魔力を放っている。

【国崩し】が恫喝し、妖女も怒気を放つ。

「何ダ、手前は？」／「貴様貴様貴様貴様」

少女は問いかけを無視して、灰色猫を見下ろした。

「――ラカン様、お久しぶりでございます。相変わらずお可愛いお姿でございますね。老婆の情報提供、有難うございました」

「アザミ。利害の一致があった故、声はかけた。が！　吾輩は汝を認めてなどおらぬ」

「分かっております。どうでも良いことですし。全てはハル様――主様の御為に」

快活なラカンの声に極寒の冷気が混じるも、少女は一切動じず。

スグリも「……あの子、苦手なんすよね……」と顔を顰めている。

……増援ではあるようだが、何者なのだ？

アザミと呼ばれた少女は右手で、顔を引き攣らせている妖女の左目を指差した。

「御約束通り、私はそこの老婆を殺します。《魔神の欠片》は貴女様程度が持つには過ぎた物。懐玉有罪と申しますのに。このような鄙の地まで御逃げになって、今宵は逃しません。……ふぅ、頑張りました。警告はしましたので、これでつい間違って全員死んでも、私は怒られません。『アザミはいい子だね』って主様に褒めていただけます」

《魔神の欠片》だとっ⁉

驚愕する私を他所に、少女は左手の宝珠を翳した。漆黒の禍々しい光が放たれる。

『！？！！！』

地面が大きく揺れ、無数の植物の根が少女の足下から出現した。

「……心地好い殺気なのである」「兄貴っ！　馬鹿言ってる場合じゃないっすっ！」

ラカンは賛嘆を漏らし、スグリが慌てて無数の呪符を展開し始める。

黒髪の少女が冷厳と宣告。

「では、皆様――ごきげんよう。さようなら」

轟音と共に植物の津波が【国崩し】【万鬼夜行】――そして、私達へ襲い掛かった！

# 第１章

「はい、ジゼル……サイン、全部終わった、わよ………」

私――レベッカ・アルヴァーンは最後の書類にサインを終えると、力尽きて執務机に突っ伏した。小山の如き書類が目に入り、顔を顰める。

……もう当分、サインはしたくないわ。

そんな私の切なる想いとは裏腹に、長く淡い茶髪で冒険者ギルド職員の制服を着た少女――専属窓口のジゼルは淡々と書類を確認していく。

のろのろと窓へ視線を向けると、通りを人々や馬車が行き交っていた。

ロートリンゲン帝国の帝都ギルハは今日も平穏無事だ……少なくとも表面上は。

クラン【盟約の桜花】の主無き副長室に、ジゼルの怜悧な声が響いた。

「確かに。次はこの書類です。あと、レベッカさんが雷龍討伐を成し遂げた体験談を冒険者ギルドと帝国騎士団の上層部が聞きたがっています。日程の調整をお願いします」

「も、もうっ！　少しは休憩させてっ！　一週間、朝からずっ〜と書き通しなのよっ⁉」

私は置かれた書類の山と新たな面倒事に悲鳴をあげ、上半身を起こす。

辺境都市以来の付き合いである少女へジト目を向ける。

「…………随分意地悪になったわね。それが帝都仕込みなわけ？」

すると、『冷たい冒険者ギルド職員』を演じていた少女は途端に動揺した。

視線を逸らして腕を組み、早口で詰ってくる。

「レ、レベッカさんがいけないんですよ？　雷龍素材の競売中、私がどれだけ大変だったか……反省してください！」

「う……」

『龍の討伐』は冒険者にとって最大の栄誉の一つ。

同時に――その素材の競売に当たっては、天文学的な金貨がやり取りされる為、冒険者と担当窓口が一ヶ月以上、忙殺されるのだ。

私はその殆どをジゼルへ押し付けてしまっていた。

白金の前髪を指で弄りながら、謝罪する。

「わ、悪かったわよ。色々あったから……そっちも大変なんじゃないの？」

今から十日前、私は【育成者】を嘯く私の師である黒髪眼鏡の青年――ハルと共に、帝

国の中枢部である皇宮で、【星落(せいらく)】の異名を持つ魔女ラヴィーナと剣を交えた。

ハル最古参の教え子の一人であるラヴィーナは伝説に違(たが)わぬ強さだったし……その後に、帝国の『剣聖(けんせい)』を媒介にして召喚された【銀氷(ぎんぴょう)の獣】もまた、想像を絶していた。

黒髪眼鏡の青年がいなかったら私は死んでいただろう。

それ程の激戦、難戦だったのだ。

本来なら、辺境都市ユキハナの廃教会へ戻って、ハルの淹(い)れてくれる珈琲(コーヒー)とお手製ショートケーキでゆっくりしていたいのに…………現実は無情、ね……。

ジゼルが私を見て、これ見よがしな溜(た)め息(いき)。

「……はぁ。次はないですからね？　冒険者ギルドの偉い人達も、てんやわんやです」

「具体的には～？」

窓の外に私が以前、魔法で吹き飛ばした陽光教(ようこうきょう)の大鐘塔が見えた。復旧作業が始まったようだ。

少女の声がやや低くなる。

「……先の皇宮の事件以降、皇帝陛下は体調を崩されているそうで、当面の間、政務はカサンドラ・ロートリンゲン様と大宰相ディートヘルム・ロートリンゲン様がされる、と。事件に関わった方々の処罰も粛々と行われています」

帝国では歴史的経緯から【魔神】【女神】、そして女神教に手を出すのは禁じられていた。

それらに手を出し、剰え女神教に協力していた前帝国大魔法士と前近衛騎士団団長、副宰相一派が粛清されている、と。

私は手をひらひらさせながら答えた。

「【女傑】と大宰相は良い方達だったわ。国の偉い人達が多少なりとも怖いのは、何処の国も一緒じゃない？　仕事熱心で愚かな人間が権力を持つより遥かにマシ。その点、帝国は私の生まれ故郷より――レナント王国よりも恵まれていると思うわよ？」

「……レベッカさん」

「いいのよ。昔の話だから」

ジゼルが謝りそうになったので、肩を竦める。

王国へ帰るつもりもないし、この性格の良い友人を困らせるつもりもない。

少女は私の意を汲み、情報を教えてくれる。

「迷宮都市の『大迷宮』は、先日の『大氾濫』未遂の件もあって、完全には開放されていません。その結果、幾つかの有力クランが西都へ移転を計画しているようです」

「迷宮冒険者にとっては死活問題だものね」

私は金髪の美少女――迷宮都市最強クラン【薔薇の庭園】副長、【不倒】のタチアナを思い出す。

あの子のことだ。早速、西都の視察に出向いているのかもしれない。

書類仕事が終わったら、手紙でも書こうかしら？

……ふふ。

二年前、ユキハナにいた頃は、手紙を書く相手もいなかった私が、『手紙』かぁ。

頬杖(ほおづえ)をつき、ニマニマしているとジゼルが目を細めた。

「……レベッカさん、またハルさんのことを考えていますね？」

「！　い、今は、ち、違うわよっ」

「……『今』は、なんですね」

「あーあーあーあー。ほ、ほらっ！　あるなら続き、続きっ‼」

私は大声を出し、それ以上の追及を遮断。

ジゼルは猜疑(さいぎ)の瞳を向けていたが、深刻そうに呟(つぶや)いた。

「……今、一番問題なのは南方大陸の支部です」

「？　南方大陸⁉」

想像していない言葉が飛び出したので、聞き返してしまう。

その名の通り、私達がいる帝国から海洋を越え遥か南方――沿岸部までしか探索も進んでいない、大部分が未開の地である大陸だ。

「まだ、詳細な情報は届いていないんですが、唯一の支部が置かれているルーミリア女王国の首府が陥落寸前らしいんです。その前に、支部を引き払うかで揉めていて」

「ルーミリア女王国っていうと……【四剣四槍】が治めているっていう、あの？」

――【四剣四槍】。

一人で四本の魔剣と四条の魔槍を操る世界最強前衛。【十傑】の一角だ。

噂によると、僅か十三歳で王位を継承して以来、小国や諸部族同士での争いが絶えなかった南方大陸を統一すべく、東奔西走。

私が帝都へ出て来た二年前の時点では、統一までもう一歩、と聞いていたけれど……。

「歴史に名を残すだろう英雄の治める国を滅ぼすなんて……どんな化け物なのよ」

【十傑】は尋常じゃない。

私とて、冒険者の最高位である特階位なのだけれど……単独で相手をすればまず死ぬ。

ジゼルが困惑した顔になり、ついで執務机に両手を置いて詰め寄ってきた。

「そこまでは……。とにかくですっ！　ここ最近、妙に大変なことばかりなんですっ!!

レベッカさんには、出来る限り帝都にいてもらわないと困りますっ!!　何しろ、特階位冒険者【雷姫】様なんですから」

「……善処はするわ。善処は」

私は両手で友人の少女を押し留めながら視線を逸らした。

要望は聞いてあげたいけど、私の優先順位は決まっているし。

……ハル、早く皇宮から戻って来ないかしら？

ジゼルが頬を膨らますのが分かった。

「むむっ！　どーして、目を見て言ってくださらない――……あ、ハルさん」

「えっ！　ど、何処？　……はっ！」

窓の外を指差した少女の他愛ない策略に引っかかり、私は狼狽。

すぐさま、ジゼルが執務机の上の半ばまで乗り出してきた。

「…………レベッカさぁぁん？」

「目！　目が怖いわよ、ジゼル？　ほ、ほら？　私ってばあいつの教え子だし？　何か頼まれるなら、断り難いっていうか…………」

――ノックの音。

扉が開き、小さな伊達眼鏡をかけた美女が部屋へ入って来た。表情には多少の疲労。

光り輝く長い白金髪を橙色のリボンで結び、白基調の魔法衣を着ている。

「ただいま戻りました」

「メル」「メルさん」

戻って来たのは部屋の主――私の姉弟子【閃華】のメルだった。手には書類の束を抱えている。私達を見渡し、左手の人差し指を立ててお小言。

「……レベッカ、また、ジゼルさんを虐めていたんですか？　程々にしないと、ハル様に怒られますよ？」

ジゼルが瞳を輝かせ、何度も頷く。

「メルさん、ありがとうございます！　レベッカさんったら酷いんですっ！」

「ち、違うわよっ！　逆よ、逆っ‼」

慌てて反論する。

友人の少女を見ると、小さく舌を出した。もうっ！

「ふふふ……ああ、そうでした。ジゼルさん、冒険者ギルドから火急の呼び出しです。南方大陸の件だとか。あちらで地形が変わる規模の大規模な会戦があったみたいです」

「……え？」

楽しそうだった少女の顔が曇る。すぐさま、私へ疑惑の視線。

「……レベッカさん、私がいなくても」

「大丈夫、だいじょーぶ。全部サインしておくわ」

ペンをくるくる回しながら返事をする。

──明日までに、ね★

ジゼルは次いで縋るような視線で姉弟子を見た。

「……メルさぁん」

「私が監督しておきますよ」

「なっ⁉　メ、メルっ！」

「お願いします！　会議が終わり次第、すぐ、すーぐ、戻って来ますからっ‼　レベッカさん、メルさん、夕食は一緒に食べましょうっ‼　ではっ」

そう告げ、少女はあっという間に部屋を出て行った。

廊下をドタバタと駆ける音が聞こえる。

「元気ねぇ……あの子」

「レベッカと話せて嬉しいんですよ。貴女だってそうでしょう？」

「……………まぁ、それは……そうだけど……。タバサとニーナは？」

私は照れ隠しに妹弟子達のことを尋ねた。

「タバサは、ずっと古書とカガリの日記を読んでは、《女神の涙》の研磨方法を考えていますよ。ニーナは、ハル様の特製レシピでお菓子を焼いています」

《女神の涙》の研磨――ハルがかつての教え子だった【宝玉】カガリ・シキへ託した生涯の依頼であり、孫であるタバサが引き継いでいる。

【魔神】封印の鍵となる極めて重要な仕事だ。

タバサのメイドであるニーナは、通常営業みたいね。

メルが無造作に書類を脇へ置き、ソファーに腰かけた。

「エルミア姉様は、捕虜を尋問して得られた情報を基に、サクラ達を引き連れて女神教と繋がっていた残党を狩っています。そろそろ戻られると思いますが……うちの団長、ハル様絡みの案件だと箍が外れちゃうので。ロスは置いていってほしかったんですが、まぁ、姉弟子としては弟弟子の恋路を応援しないといけませんし？」

苦労話に聞こえるが、姉弟子の目元は笑っている。

私の兄弟子の一人のロス・ハワードは、サクラに懸想しているのだが、当の本人はまるで気付いていないらしい。

「……愉しそうねぇ」

「面倒ばかりの副長職なんです。楽しまないと！」

……ロス、強く生きて。ついでに、ハル大好きっ子なサクラを拘束しておいて！

苦労人な兄弟子を応援しつつ、気になっていたことを聞いてみる。

「前近衛騎士団団長に拉致された帝国の『勇者』は？　見つかったの⁉」

皇宮での戦闘の際、ハルと私達の前に立ち塞がったのは帝国最強の『勇者』――ではなく、その義兄である『剣聖』クロード・コールフィールドだった。

「いいえ。『剣聖』はハル様のお陰で命を取り留めました。ただ、やはり剣士としては」

「…………そう」

クロードは義妹を守る為、自分自身を犠牲にしたらしい。

……己を恐るべき【銀氷の獣】に堕としても。

私は先の事件、最大の当事者の行方を聞いた。

「……ラヴィーナは？」

「姉様は」

「あの子なら、ハナとナティアと一緒に螺子緩み街へ行ってもらったよ」

部屋の中に、黒髪眼鏡で、七つの宝珠が瞬く魔杖を持つ青年が姿を現した。

「ハル！」「ハル様♪」

私達は歓喜の声をあげ、立ち上がった。

この青年こそ、辺境都市ユキハナで【育成者】を自称している、私のお師匠様なのだ。

ハルが疲れた表情を浮かべた。

「……慣れないことはするもんじゃないね。会議の連続で疲れてしまったよ。メル、お茶を淹れてくれるかい？」

「はい、喜んで♪」

姉弟子が両手を合わせ、満面の笑みになった。

魔杖が光を放ち――

「ママ♪」

「レーベ、おかえりなさい」

幼女の形になり私に飛びついてきた、

レーベは私が名付けた『意志ある魔杖』なのだ。

ハルが普段通り、穏やかな顔になる。

「一休憩しながら話をしようか。ニーナが焼き菓子を持ってきてくれるからね」

＊

作りたてのチーズケーキを持って妹弟子達が部屋へ意気揚々とやって来たのは、丁度お湯が沸きかけの時だった。

　メルがいそいそと紅茶を淹れ始めるのを横目に見つつ、ごく薄い翠の短髪にカチューシャをつけているメイドはハルへケーキを切り分けた。

「どうぞ、ハル様。本日は檸檬を利かせてみました」

「ありがとう、ニーナ。うん、いい香りだね」

「……お口に合えば良いのですが」

　普段は無表情な美人メイドがはにかむ。

　耳が隠れるくらいの茶髪で首元に美しいブローチを着けている少女――タバサが元気よく要求した。お菓子の匂いを嗅ぎつけて、部屋から出て来たらしい。

「ニーナ！　私にもちょうだいっ！　考え過ぎて頭がくらくらなの」

「タバサお嬢様、そう言って先程も切れ端をお食べになったのでは？」

「あれは別腹なのっ！　は～や～く～」

「……仕方ないですね」

　シキ家主従のやり取りに、私とメルは和む。ほっとするわね。

　私の膝上のレーベは興味津々な様子で、チーズケーキを眺めている。

　ニーナが優雅にケーキを切り分け、私達の前へ小皿を置いてくれた。

メルも紅茶を蒸らし終えカップへ注ぎ始め、ハルから順に配ってくれる。

至れり尽くせり、ね。

私とタバサは二人へ会釈し、フォークでチーズケーキを切り分け一口。

「あ、美味しい」「すっごく美味しいっ！」

爽やかな檸檬がほのかに香り、チーズとよく合っている。

自分の分の紅茶を最後に淹れたメルも「美味しいですね♪」と微笑んでいる。

「流石はニーナ。もうチーズケーキは完璧だね」

「……ありがとうございます」

ハルに褒められたメイドはやや頰を染め、嬉しそうにはにかんだ。

私は自分を落ち着かせる為に紅茶を飲み、夢中でチーズケーキを食べているレーベの口元をハンカチで拭った。

「ハル、話って？」

「ん？　……ああ、そうだったね」

黒髪眼鏡の青年がカップをテーブルへ置き、胸元から鎖を取り出した。

光を放たない一片とその半分の漆黒の宝石――十三片あるという《魔神の欠片》。

「まず――【魔神】封印方法の目途が立った」

『！』

【魔神】。三神の一柱にして、人を滅ぼさんとした存在。

世界を救いし【六英雄】の一人、【全知】の遺児を名乗る黒外套達は、世界各地から結集し、【魔神】復活を目論んでいる。

ハルはそれを未然に防ごうとしているのだけれど……仮にも相手は神。その封印方法が分からなかったのだ。

青年が鎖を仕舞い、説明してくれる。

「ハナとナティア、そして……ラヴィーナが知恵を絞ってくれてね、今はその最終確認の為に、螺子緩み街へ行ってくれているんだ」

「……ハル様、具体的にはどのような……？」

「みんなには見せておこう」

メルがおずおずと質問すると、青年は頷き、左手を振った。

空間が歪み、ハルに初めて会った時に見た金属の棒が出現した。

空中に浮かべながら、黒髪の青年が教えてくれる。

「これは僕の杖候補の一つだった。【銀嶺の地】を除き、人が辿り着きし最北の地で採取された世界最硬度を誇っている金属を加工している。先端に土台を置いて」

ハルが棒の先端に手で触れる。

「「「っ！」」」

それだけで、眩（まばゆ）い氷華が舞い散った。

「そこへ研磨し終えた《女神の涙》と回収出来る限りの《女神の遺灰》を用いて刻印を刻む。最終段階で《魔神の欠片》を埋め込み」

青年が杖を消した。

笑みを消し、真剣な顔で断言。

「世界樹内に封印する。欠片の全てを集める必要はないと思うけど、欠片は半片で【勇者】の影を顕現させた。半分以下なら『大崩壊』と同じになる可能性が高いだろうね。……【銀氷の獣】の件もある。出来うる限り、集めるのが無難だ」

「「「………」」」

私達（たち）は壮大な構想を聞かされ絶句。黙り込んでしまう。

……遠い。余りにも遠過ぎる。

特階位である私でさえ、戦場を想像することすら出来ない。

かつての【六英雄】。

エルミアやラヴィーナ達、最古参の教え子達。

そして何より――ハルと、私との間には未だ隔絶した実力差がある。

青年は両手を広げ苦笑。

「ああ――今すぐにじゃないよ？　杖を加工しないといけないし、遺灰と欠片の回収もしないといけない。《女神の涙》の研磨を完了してもらわないと画餅だからね」

そう言うと、ハルはタバサへ片目を瞑った。

世界最高の宝飾師【宝玉】の後継者たる少女がその場に立ち上がり、ブローチに触れた。

高揚に合わせ、瞳には紋章が浮かび上がっていく。

「【宝玉】の名に懸けて必ず」

「タバサなら出来るさ。ニーナもいるしね」

「は、はいっ！　頑張りますっ‼」「――お任せください」

両手を握り締め気合を入れた少女の横で、『頑張り過ぎたら止めておくれ』と目で合図をされたニーナは首肯した。

メルが不安そうにハルに聞いた。

「ハル様、世界樹内への封印となると……【龍神】が許してくれるのでしょうか？」

――世界樹の頂点には【龍神】が住まう。

世間一般ではそう噂されている、三神唯一の生き残りである神様は人の前に姿を現さなくなって久しい。

ハルは紅茶を飲み、困った顔になった。

「正直分からない。何せ相手は本物の神。会話が成立するのかも怪しいね。ただ……三神の一柱を恒久封印する、というのはそれくらい無茶苦茶な話なんだよ」

「杖の加工や刻印、はどうするの？」

私はチーズケーキを食べ終え、眠り始めたレーベの髪を手で梳きながら青年へ問うた。

こうして見ると、小さな子にしか見えない。

「旧友に頼むつもりだよ。必要なのは杖自体の加工、土台作製、刻印……ハイエルフ、ドワーフ、北方獣人族への依頼になるだろう。一つ一つが恐ろしく難儀だ。でも――」

ハルがくすりと、思い出しながら子供のように笑った。

ドキリ、と胸が高鳴る。

「そういうのが心底好きな連中なのさ。功成り、名遂げた後でも、心意気は忘れていない、と僕は信じている」

私は心臓に自分の手を押し付け、俯いた。

激しい鼓動。何とも言えない高揚感に突き動かされる。

「――いいわ」

自然と言葉が口から出た。

「私も手伝う！」「ハル様、何なりと」「任せてくださいっ！」

メルとタバサも宣言。ニーナも大きく頷いている。

黒髪眼鏡の青年は目を瞬かせ――

「ふふふ……頼もしいね。ああ、もう一つ伝えておこう。近日中に、帝国・王国・同盟の世界三列強首脳会談が行われることが決定した」

「「「！」」」

三列強会談って歴史的な出来事じゃ？

メルとニーナを見やると、微かに頷いてくれた。

師が続ける。

「議題は……」

「黒外套達と女神教の暗躍の暴露。そして――【魔神】復活の企ての件、ね？」

私は後を引き取った。ハルが首肯。

「帝国と同盟はともかく、王国との首脳会談は約百年ぶりとなる。……各国首脳部ももう一度『大崩壊』を起こされたくはないんだろうね。メル」

「はい、ハル様」

姉弟子はその場に直立不動。言葉を待つ。

「会談場所は現在、調整中なのだけれど、【盟約の桜花】にも、カサンドラの護衛依頼が来ると思う。グレンとルナも一緒だよ」

「「「っ！」」」

私達は今日何度目か分からない息を呑む。

グレンとルナ――字義通りの大陸最強前衛と後衛である、【天騎士】と【天魔士】までも動員する、と。

気を取り直した姉弟子が優雅にハルへ目礼。

「――不肖、【閃華】のメル、確かに承りました」

「頼んだよ。さて、お腹が減った。ニーナ、一緒に夕食を作ろうか？　レベッカとメルは仕事があるみたいだしね。タバサは、二人がサボらないよう監視していてくれるかい？」

「「なっ！」」「は〜い♪」「精一杯、作らせていただきます」

最後の最後で私とメルに意地悪してくるわけっ⁉

口をパクパクさせている私達へ、ハルは楽しそうに告げた。

「それじゃまた後で。夕食は腕によりをかけて作らせてもらうよ」

＊

——その晩。
「…………あっつい」
私は寝苦しさに目を覚ました。
横を見ると、
「……ふふふ〜ハルさまぁ、レベッカぁ……」
寝間着姿のメルが幸せそうに笑いながら、私を抱きかかえて熟睡している。
寝苦しかったのは間違いなく、この寂しがり屋な姉弟子のせいね。
昨日までは、タバサ、ニーナの部屋で寝ていたのだけれど、夕食時にメルが、
『レベッカ、今晩は私と一緒に寝ましょう♪　そうしましょう♪』
と言って、強制的に連れ込まれたのだ。
書類仕事に目途がついたのもあるのだろう。この姉弟子は真面目過ぎる。

私は起こさないようにゆっくりと腕を抜き、ベッドから降りた。

……目が冴えちゃったし、厨房で甘い物でもくすねて来ようかしら？

寝間着にケープを羽織り、音を立てないよう部屋を出る。

「う……」

最小限の魔力灯に照らされている広い廊下に月光が差し込み、不気味さを醸成している。

正直……一人きりで夜、行動するのは苦手だ。

特階位になろうが、【雷姫】の異名を貰おうが、怖いものは怖いし……。

えーっと、厨房は一階――

「あら？」

廊下の外れの部屋から、微かに光が漏れている。

あそこの部屋は……。

「――えへ」

変な声が出た。

さっきまでの不安は何処へやら、私は浮き浮きしながら外れの部屋へ。

扉を開け覗き込み、椅子に座りペンを走らせている黒髪眼鏡の青年を呼ぶ。

魔力灯に照らされた横顔と白シャツ姿が大人っぽい。

レーベは……ソファーでぐっすりなようだ。

「ハル、まだ起きてたの？」

「うん？　レベッカかい？」

お師匠様は文字を書くのを止め、私を見て微笑んだ。

それだけで嬉しくなってしまうのだから、もう手遅れなんだろう。

「やぁ、どうしたんだい？」

「……眠れなくて。入っていい？」

「勿論。あ、襲うのは無しだよ」

「お、襲わないわよっ！　……もう」

頬が赤くなるのを自覚しながら、扉を閉め中へ。

ソファーに座り、レーベの頭を優しく撫でながら聞く。

「何していたの？」

「旧友へ手紙をね。……何時の間にか、随分と少なくなったよ」

「………………」

ハルの顔に寂しさが浮かんだ。

普段滅多に見ない顔に胸が締め付けられる。

寝ていた幼女が目を開け、嬉しそうに小さな手を伸ばしてきた。

「？　……ママ♪」

レーベと手を合わせると、ふんわり笑い再び目を閉じた。

――温かい。この子は確かに生きている。

ハルがペンを置き、立ち上がった。

「月日が経つのは本当にあっという間だね。困った困った。珈琲だと眠れなくなってしまうから、温かいハーブティーでも淹れよう」

「……ねぇ、ハル」

「うん？」

簡易キッチンに備え付けられた炎の魔石を作動させているハルに、レーベを見つめつつ素直に尋ねる。

「私がこの子に名前をつけて……本当に良かったの？」

ハルにはたくさんの教え子がいる。

成り行きで名付け親になってしまったけれど……他にも多くの候補者はいただろう。

金属製ポットを炎の魔石にかけた青年が振り返り、苦笑した。

「良かったも何も……君が名付けてくれたから、レーベは素直ないい子になったんだよ？

君じゃなかったら駄目だった」

「そう、なんだ……」

右手でクッションを取り抱き締める。

青年の背中を見つめながら、はにかむ。

「——えへへ。名前を貰ってくれてありがとう」

「どういたしまして？」

「何で疑問形なのよー」

——穏やかな時間。

ポットから蒸気が噴き始める。

ハルが振り返り、私の名前を呼んだ。真剣な眼差し。

「——レベッカ」

「はい」

自然と背筋が伸びた。クッションを置き、彼と視線を合わせる。

私の師は大事なことを言おうとしているのだ。

「今——カサンドラを始め、世界の平穏を望む人々は、混乱が起こるのを未然に防止しようと懸命に努力をしている」

「……うん」

この世界は残酷だ。

悲惨な話は何処にだってありふれている。

同時に……より良い世界を希求し、頑張っている人達もまた確かにいるのだ。

棚から小瓶を取り出し、硝子製のティーポットへハルがハーブを入れた。

「……けれど」

黒髪眼鏡の青年の横顔が陰る。ポットが五月蠅い。

「可能な限りの努力をしても、それが実を結ぶかは分からない。むしろ、情勢は加速度的に悪化する可能性もある」

「ハル、はっきり言って」

私は立ち上がり、黒髪眼鏡の青年へ告げた。

二年前の私なら……怖くて聞けなかっただろう。

でも今の私は逃げない。

黒髪眼鏡の青年が炎の魔石を止めた。

「降りるなら今かもしれない、ってことさ。以前にも確認したけれど、状況が変わった。黒外套達だけならともかく、【銀氷の獣】の顕現すら躊躇わない相手となると……」

ハルは顔を上げ、私を見た。

「命を賭(と)さないといけない」

「…………」

私は皇宮での戦闘を思い出す。

ハルの多重支援魔法と補助、そして――《時詠》を瞳に宿してもなお、私が生き残れたのは多分に幸運だったからだ。

黒髪眼鏡の青年は、真摯な表情で続けた。

「降りても、誰も君を責めないし、僕が責めさせない。帝国の『勇者』が南方大陸へ運ばれた、という報もある。間違いなく、【銀氷の獣】かそれ以上の存在を顕現させる為(ため)の媒介として使うつもりだ。一連の事件には黒外套達以外の――真に恐るべき、世界の破滅すらも躊躇わない相手が関わっている」

ハルの言う通りなのだろう。

【銀氷の獣】……あれは、私が戦ってきた龍や悪魔、特異種とは別次元の怪物だった。

青年がティーポットへお湯を注いでいく。

「二百年前の『大崩壊』で、【剣聖】と【全知】は世界を半ば滅ぼした。……けどね？　あの時だって【銀氷の獣】を使うことなんて考えてもいなかったよ。恐ろしさを知っていればこそ、使おうなんて思いもしなかったんだろう。特に直接の戦闘を経験した【全知】がね」

伝説の大英雄達の中でも認識の差があったみたいだ。

ハーブの香りが鼻腔をくすぐる。

「だが……今回は違う。黒外套達は【魔神】復活を。女神教と黒幕は、最終的に銀嶺の地からの【始原の者】顕現を目論んでいるのだろう。自分達が何をしようとしているのかを、真に理解せぬままに。状況は二百年前よりも——悪い」

白磁のカップを置き、ハルが私を見た。

心から穏やかな微笑み。

「レベッカ、君には才がある。そして、光り輝く未来が」

「ないわよ？」

「……レベッカ」

青年の言葉を遮り、近くへ。

ティーポットを手に取り、白磁のカップへ注いでいく。

「そんなのないわ。貴方(あなた)の下を去って大乱を外から眺め、そのまま特階位冒険者として生きていったとしても――」

淹れ終え、ハルに詰め寄りカップを差し出し断言。

「それは私が望む未来じゃない！」

「……レベッカ」

お師匠様が目をぱちくり。

可愛(かわい)い、と思ってしまうのは、私がこの黒髪の青年にどうしようもなく惹(ひ)かれているからなのだろう。

「ハル。確かに私はまだまだ未熟よ？　グレン、ルナ、エルミア、ラヴィーナに勝てる気はしない。でも、すぐに追い抜くわっ！　そして――」

更に一歩。

背伸びをすると、鼻と鼻がぶつかりそうになる。

「私は貴方の【剣】になってみせるっ‼　………それじゃ、ダメ？」

沈黙が部屋を包み込む。

ハルは左手で自分の目元を押さえた。……怒っちゃった？

「――まったく」

「え？　わぷっ。……ハ、ハル？」

突然、ハルに抱き締められてしまった。

鼓動が信じられないくらいに高まり、腕の中で上目遣いをする。

黒髪眼鏡の青年の――もう瞼を閉じていても思い浮かべられる大好きな微笑み。

「……みんな、僕の下へ迷い込む時は小さいのに、すぐ大人になってしまうね。レベッカ、改めてよろしく」

「――……うん♪　頑張るわ！」

心からの幸福って、こういうことを言うのかしら？

生涯で一番の多幸感に浸っていると――夜風。

窓の開く音がし、次いで極寒の声が耳朶を打った。

「……家猫レベッカ、何している……？」

「⁉」

慌てて振り返ると、開け放たれた窓の前に長く美しい白髪で、メイド服の少女が立っていた。目を細め、鋭い視線を私へ叩きつけてくる。

「エ、エルミア⁉　きゃっ」「おかえり、エルミア」

ハル最古参の教え子の一人にして【千射】の異名を持つ姉弟子は、一瞬で間合いを詰め、私をソファーへ放り投げた。どういう原理なのか、ふわっと落とされる。

「ただいま、ハル。……家猫はしっしっ。此処からは大人の時間。レーベを連れて、とっとと部屋に戻るべき」

「んなっ⁉　あ、あんたねぇ……」

わなわなしながら、魔法を紡ごうとし――断念。駄目だ。レーベを起こしてしまう。

姉弟子の口元が嘲笑の形になった。こ、この似非メイドがぁぁぁぁ。

ハルがもう一つカップを取り出し、ハーブティーを注ぎながら尋ねた。

「エルミア、喉が渇いているだろう。追跡はどうだったんだい？」

「――ん」

姉弟子は嬉しそうにカップを受け取った。

子供みたいに息を吹きかけ冷ましながら、口を開く。

「粗方は捕らえた。ただ――元『勇者』は奪還出来なかった。南方大陸へ渡ったのは確実

だけれど、船はまだ見つけられていない。サクラ達は南方でグレンと合流して、女神教の秘密拠点を潰している」

「ふむ」

南方大陸……今日、何度も聞いたわね。

冒険者ギルドの手が及んでいないし、そこで何か取引を行っているのかも？

ハルがエルミアを労わる。

「御苦労様。今日はもう遅い。詳しい話は明日、じっくりと聞くよ」

「……ん。私はハーブティーを飲み終えたらレベッカと一緒に寝る」

「⁉　は、はぁ……そ、そんなの」

「？　ダメ⁇」

心底不思議そうにエルミアが小首を傾げた。

う……私は視線を逸らす。

「べ、別にいいけど……」

何だかんだ、私はこの姉弟子に甘い気がする。

外見が年下に見えるからかしら？

「ふ……ちょろい」

「エ～ル～ミ～ア～……聞こえているわよっ！」

「きゃー」

白髪似非メイドは棒読みで叫びながら、逃げ出した。

夜中だというのに、二人して部屋の中で追いかけっこを開始。

そんな私達を――静音魔法を張りながらハルは楽しそうに眺めていた。

＊

「ハル？　今日はどうするの？」

翌朝。ハルとニーナの美味(おい)しい朝食を終えた私は、【盟約の桜花(おうか)】の副長室にいた。

この場にいるのはハルと私。

執務机にはジゼルが早朝運んで来た新しい書類の山。うぅ……。

エルミアはジゼルに辺境都市の冒険者ギルドへの伝達を頼んだ後、

『……眠い。お昼になったら起こせ』

と言い残し、レーベを連れて部屋に戻ってしまった。何だかんだ疲れているのだろう。

そして、メルは団員達の指導。タバサは自室に籠もり、ニーナはお菓子作り中だ。

隣の椅子に腰かけ、難しい資料に目を通しているハルが教えてくれる。

「何もしないよ。今、必要なことは全部伝え終えたしね。ここ最近、僕は仕事をし過ぎた。

――強いて言えば」

「言えば？」

ハルが顔を上げ、執務机上の書類を指で突いている私へ片目を瞑った。

「頼りになる【雷姫】様の育成かな」

「……具体的には？」

私は警戒しながら尋ね返す。

ハルと二人きりは嬉しい。とっても嬉しい。

でも……二年前、ユキハナで受けた『特訓』が脳裏を掠め、身体が震える。

エルミアはいないし、無理難題は言われないと思うけど……。

眼鏡の位置を直し、黒髪眼鏡の青年は大仰に両手を広げた。

「今日は《時詠》の訓練をしよう」

「っ！」

──《時詠》

ハルの切り札である、刹那先を垣間見る超魔法だ。

特階位に登った今でも、原理は分からない。

実戦の場で数度かけてもらったけれど……私は素直に質問する。

「望むところだけど、メルは呼ばなくてもいいの？」

特階位冒険者【雷姫】と言われても、私はハルの教え子達の中では格下だ。

使い方の熟練度を上げてもらえるのは願ってもないけど……疑問は残る。

「何、簡単さ」

ハルは瞑目し、ゆっくりと目を開けた。

──瞳に精緻な紋章が浮かぶ。

まるで、漆黒の星空を映したかのようで、

「綺麗……」

独白が零れてしまった。

私のお師匠様は恥ずかしがる。

「……ありがとう。僕の瞳はね、その人物の『未来』を少しだけ見ることが出来るんだ」

「ふ～ん……」

「おや？　驚かないのかい？」

「薄々勘づいていたし、ね」

ハルはユキハナにいる頃から、他者の能力や罪歴を指摘することがあった。

雷魔法を使えなかった私の資質を見抜いたのも、瞳の能力だったのだろう。

「それで？　ハルの瞳が特別でも、メルを呼ばない理由にはならないわよ？」

「う～ん……どう言えばいいかな」

育成者がペンを回し、止めると――私の瞳に《時詠》が宿った。

刹那先。飛んでくるペンが見える。

自然と身体が動き、私はハルの投げて来たペンを指で挟んだ。

「……ちょっとぉ」

「お見事！」

ハルが微笑(ほほえ)みながら称賛してくれる。

「う……」

文句を言い損ねた私は、口籠もりペンを回す。瞳から《時詠》が消えていく。

幾らハルでも、レーベがいなければ長時間の発動は難しいようだ。

腕組みをし、質問。

「で？　これが何なの?!」

黒髪眼鏡の青年は左手を振った。

「レベッカも知っていると思うけど――《時詠》は僕の使える魔法の中でも、一、二を争う程の高難易度魔法なんだ。エルミアやメル、ラヴィーナにもかけたことはあるよ。でも、使いこなせると感じたのは」

ハルが指を五本立てる。

「古い教え子の二人とエルミア。そして、君とタチアナだけだ」

「!?」

思わぬ告白に私は絶句。

意味を咀嚼（そしゃく）し――歓喜で身体が震えてくる。

ハルが執務机に手を置いた。お師匠様の顔だ。

「『段階』の話を覚えているかい？　《時詠》にも段階がある。刹那の先読みは、第一段階に過ぎない。極めれば――君に斬れない存在はこの世界に存在しないよ」

「……うん！　頑張るわ」

私はハルに大きく頷いた。心臓の音がはっきりと聞こえる。

嗚呼……どうしよう。

嬉しい。嬉しくて仕方ないっ！

この人は……私を救ってくれた育成者様は、今でも私のことを信じてくれている。

身体が揺れてしまうのを止められず、私は近くのソファーに飛び込んだ。

「……えへへ♪」

クッションを抱え、足をバタつかせる。

ハルが執務机を見やり、くすりと笑った。

「連日連夜、書類へのサインや、確認作業ばかりだと気が滅入るだろう？　皇宮から報せが来るまでは僕との訓練に付き合っておくれ。ジゼルには内緒だよ？」

「りょーかい。よっと」

私は、立ち上がり胸を張った。

黒髪眼鏡の青年を見つめる。

「どんとこいよっ！　すぐに、『段階』を上げてみせるわっ‼」

「頼もしいね。それじゃあ――」

ハルが指を鳴らした。

――八角形の氷が出現。私の瞳にも《時詠》が宿る。

この魔力は……私はお師匠様を見やる。

ハルが首肯した。

「簡易的な【銀氷】だよ。まずは、それを斬れるようになろう。第二段階目に達すれば、『隙間』が見えるようになる」

「隙間……」

皇宮での戦闘を思い出す。

あの最終局面時――【銀氷の獣】へ斬撃を浴びせた時に、はっきりと『視えた』。

私は腰の剣を抜き放つ。

ユキハナでハルから貰った魔剣は黒外套との戦闘で折れてしまい、修復不能。

落ち着いたら、新しい剣をもう一振り用意しないと。

――目を閉じ、意識と魔力を集中。

剣に雷を纏わせ、魔法剣を発動させる。

目を開け、全力の斬り下ろし！

「はっ！！！！」

室内に、無数の紫電が飛び交うも……眼前の【銀氷】は微動だにしていなかった。

傷一つついておらず、《時詠》も動かない。

ハルが両手を組む。

「『隙間』が見えない限り、今のレベッカじゃ斬れないよ。【雷神化】して、威力を底上げしてもね。コツは——意識を集中させること。今日中に斬れたら御褒美をあげよう」

「ご、御褒美って……」

——夜の帝都を歩くハルと綺麗なドレス姿の私が脳裏に浮かんだ。

「〜〜〜〜〜っ！！！！」

「？　レ、レベッカ？　どうしたんだい⁇」

ハルの戸惑う声が聞こえたけれど、それどころじゃない。両手に頰を当て、背を向ける。

わ、私ったら、な、何て大それたことを考えてっ！

あ、でもでも……た、偶には二人きりで出かけてもいいわよね？

「……家猫レベッカ、抜け駆けは大罪。許されない」

「！　エ、エ、エルミア⁉　い、何時の間に……ね、寝てたんじゃ⁉」

「不埒な気配を察知した。私の直感は当たる」

「ぐっ！」

一切の気配なく私の後方に立っていたのは、ジト目の白髪似非メイドだった。手には明らかに高級なものだと分かる紙を持っている。

眠そうなレーベはとことこ、とハルの下へ歩いて行き、膝上に座った。

姉弟子が詰め寄って来る。

「さ……何を考えていたのか、きりきりと吐け」

「な、何も、考えてなんかない、わよ……ハ、ハルと特訓しようとしていただけ、で」

「……怪しい」

エルミアは胡乱気に私を見た後で、浮かんでいる【銀氷】を見やった。

おもむろに近づき――腰の短剣を抜き放ち、一閃。

「！」

私の全力攻撃でもビクともしなかった【銀氷】の板に斜めの線が走り、消えていく。

見事な動作で短剣を鞘へ納め、白髪似非メイドはない胸を張った。

「ふふん。私の勝ち。ハル。私に御褒美」

「！　あ、あんた、聞いてたのねっ⁉　だ、駄目なんだからっ！　こ、これは、私への課題なのっ‼ 疲れているなら寝ていなさいよっ!!!」

「私の勝利は揺るがない。――用事もある」

エルミアは私の訴えを一蹴。

ハルに近づき紙を差し出した。

膝上の幼女を撫(な)でている黒髪眼鏡の青年は訝(いぶか)し気に紙を受け取る。

「これは？」

「依頼していた件(くだん)の返事。フリッツ・ヴォルフとローマン・シキから。三列強会談の際、十大財閥各当主も参集されることを了承したって」

「⁉ じゅ、十大財閥って……」

私は息を呑(の)む。

――三列強首脳と世界経済を牛耳っている大財閥当主の参集。現実なの？

ハルが鷹揚(おうよう)と頷いた。

「二人には面倒をかけた。でも、大事になりつつある以上」

眼鏡が光り、声に冷たさが混じる。

「――……敵・味方の区別はつけておきたい」

「ん」「…………」

エルミアが『当然』といったように同意するのを見つつ、今の言葉の意味を考える。

……つまり。

「ハル、もしかして、十大財閥の中に女神教と組んでいる者がいるの……？」

「可能性は高いね。さ、ここで一つ質問だ。レベッカ、君はエルミアやサクラ達の追撃を誤魔化して、帝都を脱出。南方大陸まで逃れられる自信があるかい？」

脳裏で状況を思い浮かべ――頭を振る。

「……無理ね。帝都は秘密の抜け道があれば脱出出来ても、必ず捕まると思う」

私の姉弟子、兄弟子達は恐ろしく強いし、鼻も利く。

ハルが大きく頷いてくれた。

「僕もそう思う。なのに、前近衛騎士団団長は未だに見つかっていない。そして、帝国内で女神教が大々的に動けるとも思えない。つまり――」

「帝国の内外に協力者がいるのね？　皇族ではなく……相応の社会的権力を持った」

俗世において、皇族に匹敵する権力。そこから導き出される答えは自明。

十大財閥の中に女神教と手を組んだ存在がいる。

「良くも悪くも、十大財閥の力は絶大だ。今では、冒険者ギルドを除けば大陸全土を覆う数少ない組織体だし、何より――」

青年の瞳に微かな寂しさ。私は胸を締め付けられてしまう。

「彼等は『大崩壊』前の歴史を一応は知っている。ヴォルフ、シキ家が伝承を受け継ぎ、僕へ『恩義を返す』と言ってくれるように。でも、人は忘れる生き物でもあるんだ」

「「…………」」

私達は沈黙。エルミアが、重い声で問うた。

「ハル……想定している災禍の規模はどの程度？」

私の師は肩を竦め、軽い口調で深刻な想定を述べる。

「そうだなぁ……下手すれば人の世が終わる程度かな？　【三神】と【六英雄】達が命を賭して世界を救う前――歴史学者達の言うところの暗黒時代の再来。それよりも悪いかもしれないね。何しろ、今の時代に【魔女】はもう数える程しかいない」

「……【銀氷の獣】来し時代の再来」「……洒落になっていないわね」

「うん、洒落になっていない。しかも、事が事なだけに史書にも載る当てはない。【勇者】なら、アキならこう言うだろうね。『あ～あ……貧乏籤引いちゃったわ』ってね」

「「…………」」

【六英雄】筆頭――【勇者】春夏冬秋。

その名前を口に出す時のハルの瞳は、何時も寂しそうだ。

私が口を開こうとした――その時だった。

「ハル様」

ノックの音がし、外からニーナがハルの名前を呼んだ。青年が応じる。

「ニーナ？　どうしたんだい？」

「失礼致します」

扉が開き、美人メイドが中へ入って来る。瞳には強い緊張が見て取れた。

ハルが目線で先を促すと、口を開く。

「【女傑】カサンドラ・ロートリンゲン様より火急の報せです。『ハル様へ内密に御報告したい儀あり。皇宮へお越しください』とのことです。……如何(いかが)なさいますか？」

＊

「ハル様、エルミア様、【雷姫】様」

帝都皇宮最奥(さいおう)。

【女傑】の執務室前の石廊で私達を待っていたのは、カサンドラ付きメイドであり、曽孫(ひまご)でもあるテアだった。

長い金髪に金銀の瞳。女の私でも見惚(みと)れる程の美貌だが、疲労が見て取れる。

「やぁ、テア」

「疲れているみたいね」「ちゃんと寝ろ」

「……はい。ありがとうございます。どうぞ、此方(こちら)へ」

美人メイドが優雅な動作で私達を先導していく。

先日の事件で被(こうむ)った建物の破損は魔法で修復されたようだが、内庭は地面が剝(む)き出しのままで痛々しい。

ハルがテアへ話しかけた。

「カサンドラとディートヘルム君はずっと仕事をしているのかい？」

「…………はい」

美人メイドは歩きながら答えにくそうに、頷(うなず)く。

私のお師匠様が頭を掻(か)いた。

「変わらないねぇ。ロートリンゲン家の子達は。いや、だからこそ、これだけの国を築き上げることが出来たのか……」

「でも、働き過ぎは碌なことにならないわよ？」「疲労は敵」

私とエルミアは口を挟む。

二年前、我武者羅に強くなろうと藻掻き続けた私には分かる。人には休息も必要なのだ。

ハルが楽しそうに私を見た。

「ふふ……レベッカが言うと、説得力があるね」

「お陰様でね。何処かの自称育成者さんに教わったのよ」

「自称じゃないんだけどなぁ。テア、後でディートヘルム君に、伝えておいてくれるかな？『きちんと休むように』。それと――」

黒髪眼鏡の青年が悪戯っ子の表情になった。

人差し指を立て、告げる。

「『他者の助力も乞う』ようにと。この言葉は君にも当てはまるよ？」

「――……有難うございます。肝に命じます」

振り返り、テアは健やかに微笑んだ。

警備役の近衛騎士達から次々に敬礼。

「……おい」「ああ……例の魔法士殿と謎のメイド。それから【雷姫】だ」「死にたくなければ、目を合わすなよ？」「はっ！　マーシャル隊長」。

畏怖の視線を受けながら石廊を進んでいく。

……エルミアだけじゃなく、私まで怖がられているんだけど……？

納得がいかないわね。

「うんうん……レベッカも随分と」「ん。あの騎士達は分かっている」

「……ハル？　エルミア？　何が言いたいわけぇ？」

こういう機は逃さず、からかってくる育成者様及び姉弟子とやり取りをしていると――

遂に執務室前に到着。

メイドのテアが静かに扉を開けた。

置かれているのは古い執務机とベッド。それに本棚だけ。

とても現帝国最高権力者とは思えぬ簡素な部屋だ。

奥の執務机には、溢れる気品を隠せていない老婦人が一人。白髪を深紫のリボンで結いあげている。

――【女傑】カサンドラ・ロートリンゲン。

集中した様子で書類に目を通している老婦人に、テアが声をかけた。

「カサンドラ様、ハル様とエルミア様、レベッカ様が御見えです」

「――……ああ、これは」

「大丈夫だよ。そのままで」

急いて立ち上がろうとしたカサンドラをハルが手で制した。

扉が閉まると――百を超える強大な結界が張り巡らされる。

入れる人間は極めて限られているようだ。テアが私達へ目礼。

「今、紅茶と珈琲をお淹れ致します」

私の嗜好品も当然調査済み、と。

ハルと一緒にいると忘れがちだけど……帝国は世界最強国家。

特階位冒険者であっても、本来ならばこの場にいることすらも敵わない。

書類を机に置いた老婦人へハルが尋ねる。

「忙しそうだね」

「大半はディートヘルムが片付けてくれています。もう少し、視野を広く持ってくれればなお良いのですが……」

カサンドラは、そう実の甥っ子を評した。

帝国大宰相ディートヘルム・ロートリンゲンは、他国から『名宰相』と讃えられている人物だ。

……私、国を治めるとか絶対に無理ね。

ハルが苦笑する。

「手厳しいね。誰しもが君のようにはなれないよ？　でも、人は前へと進む意志を持ち、その方法を間違えていない限り――成長し続ける。何れ、彼は違う面で君を超えるさ」

「……はい。私もそう思っています」

二人が和やかに頷き合う。そこにあるのは確かな信頼。

カサンドラは、ハルの教え子ではないけれど――『卒業認定』である深紫のリボンを貰っている人物なのだ。

その間に、テアは簡易キッチンでお茶の準備をし始めた。

片や、白髪似非メイドは動かず。こ、この姉弟子はぁ……。

ハルがカサンドラへ質問する。

「それで？　逃げた前近衛騎士団団長殿と攫われた『勇者』殿が見つかったのかな？　エルミアの話だと、南方大陸へ渡ったのは確実、と聞いたのだけれど」

老英傑が首肯し、引き出しを開けた。

「御想像の通りです――テア、悪いのだけれど地図を」

「私が広げる」

エルミアはカサンドラから地図を受け取り、テーブルの上に広げた。

帝国自慢の世界地図だ。

私とハルが覗き込むと、カサンドラのペンが地図上を走り――印を付けた。

「逃走用の高速帆船が見つかったのは、帝国南方――南神海です」

「ふむ」「……同盟に近いわね」

帝国南方に存在する自由都市同盟は交易国家だ。

領土こそ帝国、王国に遠く及ばないものの、無数の交易船によって齎される膨大な富が、この国を世界三列強の一角としている。

カサンドラが頷く。

「偶々強風に流され、通常航路から大きく外れ付近を航行していた自由都市同盟の帆船が、漂流している船を発見したとのことです」

自由都市同盟の交易船の航路は重要な国家機密。

――『個』ではなく『集』。

それが同盟の交易方針であり、航路自体も、長年の天候情報や海流情報の積み重ねの末に最適化されている。

その航路情報が漏れていた？

帝国並みに厳重と謳われる同盟の諜報網を潜り抜けて？

黒髪眼鏡の青年が考え込む。やはり、『敵』は想像以上に強大なようだ。

私は非礼を承知で老英傑へ尋ねた。

「逃げていた前近衛騎士団団長と『勇者』は同盟に？」

「いいえ」

本気で困惑した様子でカサンドラは頭を振った。

「同盟の船が帆船を発見した時……乗員は一人もいなかったらしいのです」

「…………」

「？　一人も⁇　魔獣に襲われたの――……あ、でしょうか？」

ハルがますます考え込み、私は思わず普段の口調で聞いてしまった。

老英傑が朗らかに笑う。

「普段の言葉遣いで構いませんよ、レベッカ殿。激しい戦闘の痕跡は残っていたそうです。

ただ、高速帆船を襲う程の魔獣であれば……」

「沈んでいてもおかしく、ない……か」

「はい。それに、魔物除けは我が海軍の最新鋭艦に伍する程だったそうです」

私自身に対戦経験はないものの、海に棲む魔獣は人の乗る船を敵視しており、一度襲撃をかけてくると沈めるまでは執拗に追いかけてくるそうだ。

だからこそ、安全な航路の情報は国家機密になるわけだが……。

「でも、襲ったのが魔獣じゃないのなら……いったい誰が襲ったの？」

カサンドラが憂い顔になり、教えてくれる。

「不明です。戦闘の痕を検証すべく、近くの港へ曳航しようとしたところ爆発。沈没したそうなので。同盟側も困惑しているようです」

「……そう」

私は地図へ視線を落とした。

場所は南神海の中央。

帝国の飛空艇や、精鋭で知られている同盟の飛竜部隊なら襲えなくもないだろうけど……。

ハルが口を開いた。

「空から見た場合、魔力感知に長けていない限り、帆船は単なる点だ。特殊な魔道具を使ったか、呼び寄せたのか……カサンドラ、脱出用の小舟はどうだったんだい？」

現代の帆船には遭難に備え、ある程度の魔物除けを装備した小舟が用意されている。

ただ逃れられても生存率が高いわけではない、とメルから以前聞いた。

「これもまた不可解なのですが……小舟は全て残っていたそうです」

「？　えっと……つまり、こういうこと？　ペンを借りるわね」

私はカサンドラに断り、地図上に分かっていることを箇条書き。


『船上に戦闘の痕跡あり。その後、謎の爆発を起こし沈没』

『しかし、襲ったのは魔物ではなく、乗員の姿無し』

『通常航路からは外れていて、見つかったのは偶然』

『空中からでも、特殊な魔道具でもない限り発見は困難』

『脱出用の小舟も残されていた』


……奇怪ね。まるで、幽霊船じゃない。

背筋がゾワリとし、私は思わず隣の青年の裾を摘まんだ。

見れば、エルミアも逆側から摘まんでいる。

眼鏡の位置を直し、ハルが顔を上げた。

「カサンドラ、船の行き先は南方大陸のどの都市だったのかな？」

「……そこまでは。然しながら、別件で気になる情報が入ってきております。出所は、彼の地と長年交易をしている獣人族からとなります」

地図上でペンが動き、ルーミリア女王国の都郊外で止まった。

――『枯死の谷』。

物騒な名前……怖くなってしまい、私はハルの袖を摑み直す。

「つい先日……と、いっても、今から十日程前なのですが、彼の地において大規模な会戦が発生。防衛側は【四剣四槍】ルゼ・ルーミリア女王。対するは、極東、秋津洲皇国から南方大陸へ渡り、度々戦いを起こしていた【国崩し】。そして、【万鬼夜行】」

「！　【十傑】同士が激突したの⁉　結果は？？？」

世界に名を轟かす十人の猛者達。

それぞれが、人外の力を持っている存在だが……直接ぶつかるのは極めて稀だ。

「地形が変わる程の激戦の末、痛み分け。ルーミリアからは、我が国へ救援を求める使者として、ルビー王女が来ておりましたが、皇帝陛下の耳に届いておらず。会戦の報を受け面会を断念。故国へ戻られました。書簡によれば、女王は二年程前から不治の病を得てお り、余命幾許もない、と。戦場に出られる体調ではないとか……。王国、同盟にも同様の使者を派遣しているそうです」

……妙だ。

【四剣四槍】が戦えないのに引き分ける。そんなこと、可能なんだろうか？

ハルが眼鏡を外し、息を吐いた。何時の間にか、レーベも現れ足に抱き着いている。

「【国崩し】が、秋津洲から一族を引き連れて南方大陸へ渡ったのは聞いていた。彼は戦巧者。【四剣四槍】と直接は戦わず、時間をかけて勢力拡大していったんだろう。逆に言えば、体調万全なら『勝てない』と踏んでいた。そして、【万鬼夜行】、か……。ラヴィーナが言うには、アザミとラカンも向こうの大陸に渡ったらしい」

つい先日、辺境都市に届けられたハル宛の小箱と文を思い出す。

――【東の魔女】。名はアザミ。

まさか、妖魔の女王が持つという《魔神の欠片》を狙って南方大陸へ……？

あと、ラカン？

私は姉弟子を見やる。誰よ？

エルミアは渋い顔になり「……三味線にしておくべきだったかもしれない」。

カサンドラが育成者へ考えを述べる。

「ハル様……おそらく、叛徒達の行き先はルーミリアの首府だったと思われます」

細く枯れていながらも、美しい指が地図を指し示した。

――ルーミリア女王国首府『アビラーヤ』。

「彼の大陸は大変に戦多き場所。軍用帆船が安全に入港出来る地は極めて限られます。加えて、冒険者ギルドの規模も小さく……他国からの目が届きにくい」

眼鏡をかけ直し、ハルは後を引き取った。

「【銀氷の獣】を不完全とはいえ顕現せしめた帝国『剣聖』を超える、『勇者』という貴重な積み荷の受け渡しには最適、と……。女神教の考えそうなことではあるね。そんな彼等に、『勇者』を渡すわけにはいかない」

「はい」

――二人の意見は一致を見たようだ。

ハルが私の名前を呼んだ。

「レベッカ」

「南方大陸へ渡るんでしょ？　ついて行くわよ。駄目って言われても、無理矢理ねっ！　戦いが多い場所なら、良い訓練になると思わない？」

育成者さんは頬を掻き、ふっ、と息を吐く。

振り向かないままの問いかけ。

「参ったなぁ……エルミアはどうする？」

「ん――愚問」

エルミアは両手を腰に当て、ない胸を張った。

「今回は私もついて行く。途中でサクラ達に探索を押し付け――……こほん。任せて正解だった。第一、家猫レベッカだけに良い思いをさせるわけにはいかない」

「なっ！　よ、良い思いって何よっ⁉」

両肩に手を置き小さな身体を揺らす。

すると、姉弟子は頰を染め視線を逸らした。

「そんなこと……………こんな場所で口には出せない。レベッカはふしだら」

「な、なぁっ⁉　エ～ル～ミ～ア～」「な～？」

一気に室内が騒がしくなり、レーベが私の真似っ子。

お茶の準備を終えたテアも、くすりと笑う。

ハルが左手を上げた。

「この件は僕達で対応するよ。君は、三列強首脳会談の方に全力を注いでほしい」

「――畏まりました」

現帝国最高権力者が深々とハルへ頭を下げる。

こんなこと、後世の史書には絶対書かれないわね。

珈琲(コーヒー)の良い香りがしてきた。

ハルがとても優しい顔になり、カサンドラを見つめた。

「もう一つ……皇帝君は時間かかるかもしれない。でも、大丈夫さ。アーサーも何度か落ち込んで引き籠もっていたしね」

「——……初代様が、ですか？」

老英傑は顔を上げ、目を瞬(また)かせた。

ロートリンゲン家内でも伝わっていなかったようだ。

カサンドラはハルの言葉の意味を噛(か)み締めながら、再び頭を下げた。

「——……ありがとうございます。ハル様。くれぐれもお気をつけて。無事の御帰還を祈願しております」

# 第2章

ハルの黒扉を潜り抜けるとそこは南国だった。

以前、訓練でやって来た帝国南西に位置する南神海の名も無き孤島だ。

波と樹木が風に揺れる音がする。空も蒼く、高い。

私は振り返り、黒髪眼鏡の青年に尋ねた。

「ハル？　此処からどうするの？」

「ん～そうだねぇ……」

七つの宝珠が煌めいている魔杖を持ちながら、師は上の空で考え込む。

「結界が弱まっている……？　そんなに魔物と接触したのか？」

この場所の正確な位置は分からないけれど……南方大陸まではまだ遠い。

彼の脇からエルミアが顔を覗かせた。

無表情だが……両腰に手をやり、麦藁帽子を被っている姿は明らかに上機嫌だ。

「決まっている。私とハルは優雅に旅をするから、家猫レベッカは海を走ればいい」

「なっ！　で、出来るわけないでしょう。グレンじゃあるまいし……」

あの天騎士様はハルとの模擬戦時、気闘術を用いて平然と海面に立ち、駆けていた。

姉弟子がわざとらしく、溜め息を吐く。

「…………はぁぁぁ」

「な、何よ？　そ、その『これだから……』的な溜め息はっ！　エ、エルミアだって、出来ないくせにっ！」

ピタリ、と姉弟子の動きが止まった。

麦藁帽子のつばを下げ、口元を緩め、

「――ふ。甘い。とう」

近くの海面へと跳躍した。

「！　なっ……なぁっ⁉」

エルミアが長く美しい白髪を靡かせながら平然と海面に立っている。

軽やかに跳躍を繰り返しながら、私へ説明してきた。

「コツは簡単。右足が沈む前に、左足を出せばいいだけ。あと、グレンにこの摂理を教えたのは私。あの子とラカン以外、習得しなかったけど。大変嘆かわしい」

あんまりな物言いに、私は怯む。

「ど、どうなってんのよ、あんた達は……幾ら何でも出鱈目過ぎないっ⁉」

「家猫レベッカに私が負ける要素はない。悔しかったら、ここまで来ればいい」

「くっ…………ハ、ハルぅ」

海面を自由自在に駆け回り始めた姉弟子を見て、私は思わずお師匠様に助けを求める。

ハルが魔杖の石突きを地面に当てた。

砂浜に精緻な魔法陣が形成されていく。

「気闘術の鍛錬には良いんだよ？　のんびりしたいところだけど……そうも言っていられない。南方大陸までは飛んで行こう」

「飛んでって……私、飛翔魔法なんて使えないわよ？　向こうに黒扉はないの？」

飛翔魔法の発動には、最低でも『風』『光』『闇』三属性の制御が必要。

魔力消費も膨大で、遠距離を飛ぶのは熟達者じゃないと無理だ。

私では、ハルの支援が発動にも漕ぎつけられないだろう。

「昔はあったけれど、壊されてしまってね。レベッカ、離れておくれ」

「はーい」

ハルから少し離れ、波打ち際へ。

黒髪眼鏡の青年が魔杖を掲げた。

大気が震え、魔法陣が漆黒の雷光を放ち始める。

そして――地面から巨大な黒鳥が浮かび上がっていく。

「これって……」

「魔法生物の召喚。小型ならともかく、ここまで大型だとかなり難しい。ハルと同水準なのは、ルナくらいだと思う」

私の傍に戻って来たエルミアが教えてくれる。

【天魔士】並みね……まぁ、ハルだし。

雷光が収まり、顕現した黒鳥の頭を撫でているハルが謙遜。

「とっくの昔に抜かれているよ。あの子の本職は魔法士ではなく、召喚士だ。さぁ、行こうか――……エルミア、レベッカ！」

「――ん」「分かって、るっ！」

ハルの警告を受け、私達は即座に首肯。

波打ち際に猛然と迫って来る黒い影を目視し、臨戦態勢に移った。

黒い影が波を切り裂き――巨大な姿を現す。

爛々とした四つの黄の瞳。口には鋭い無数の剣牙。分厚い爪を持つ四肢。長大なギザギザの尾。

何より――私が遭遇して来た魔物の中で最も鈍色に光る巨体。

南神海で数多の船を沈めて来た魔獣『四眼鋼鰐』。

冒険者ギルドの依頼書では、最低でも第一階位複数を含む十名以上の参戦が必須とされる相手だ。私は腰の愛剣を抜き放つ。

「！　マ、マスター……」

魔杖から幼女に戻ったレーベが怖がり、黒髪眼鏡の青年の後ろに隠れた。

島には、ハルの結界が張られていて魔物は近寄れない筈なのに……。

『！！！！！！！』

攻撃の一種でもある鳴き声を放ちながら、魔獣は魔剣を抜き放った私ではなく、無手の姉弟子に目標変更。

大きく口を開き一飲みにしようとし――

「なっ⁉」

強制的に停止させられた。私は絶句。

――エルミアがその小さな手で牙を掴んだのだ。

魔獣の瞳に戸惑いと恐怖が浮かぶ中、姉弟子は淡々と論評する。

「悪くなかった。ハルの結界を越えて此処まで辿り着いた時点で、そこそこ強い。二百年は生きているかも？　だけど――」

『！』

鋼鰐は身体を激しく動かし何とか逃れようとするが、エルミアは微動だにしない。

この小さな肢体の何処にこんな力が！

驚嘆していると、姉弟子は私へ指示を飛ばしながら魔獣を上空へ放り投げた。

「私には効かない。レベッカ、無駄な殺生は禁止！」

「しないわ、よっ！」

身体に雷を纏い――【雷神化】。

大跳躍し、

「はぁぁぁぁぁぁ！！！！！！！！」

紫電を纏わせた魔剣の腹を無防備な鋼鰐の腹に叩きつけた。

『！？！！』

吹き飛んでいく鋼鰐の四つの瞳が大きくなり、遥か沖合海面に落下。

大きな水柱を発生させた。

私もそのまま魔力を放出させながら波打ち際の海面へ。何とか立つ。

すぐにハルの結界が再構築されるのが分かった。もう入って来られないだろう。

それにしても……こ、これ……つっらいっ………。

足を震わせながら魔剣を鞘へ納め、姉弟子に強がってみせる。

「ふ、ふふ～ん……か、簡単じゃない？」

「…………」

白髪似非メイドは目を細め――いきなり姿が掻き消えた。

後ろから脇腹を突かれ、くすぐられる。

「ひゃん！　エ、エルミア、突かないでっ！　く、くすぐるのはっ反則、きゃっ」

制御がたちまち崩れ、足下が沈みそうになり――ふわり、と浮かんだ。

ハルの浮遊魔法だ。

エルミアが腕組みをし勝ち誇る。

「――良し」

「な、何が良しよっ！　ハルの魔法がなかったら濡れちゃうとこだったじゃないっ！」

振り返り、私よりも背が低い姉弟子に喰ってかかる。

白髪似非メイドは腕組み。

「修業が足りない。甘やかされ過ぎ。今回はビシビシいくっ！」

「…………う」

ぷかぷか浮かびながら、両手の指を弄り回す。

【雷神化】の基礎にも慣れてきてはいるけれど、エルミアの動きは見えなかった。

「べ、別に、甘やかされていないし、ハ、ハル！　笑ってないでっ！　も、もうっ！」

黒鳥に手綱を付けながら、私達を楽しそうに眺めていたハルが手を振る。

——頭に軽い感触。

「ああ、ごめんごめん。お礼だよ」

ハルの傍に降り立ち、エルミアとお揃いの麦藁帽子に触れる。

……えへへ。

姉弟子が私の顔をしげしげと見つめた。瞳は満足気。

「むふん。私の方が大人っぽい」

「鏡を見てそう言いなさいよ。どう考えても私の方が似合っているでしょう？」

「過酷な現実を受け止めることも時には大切」

「良い言葉風に、私の負けを認めさせようとしているんじゃないわよっ」

「ママ〜もふもふ〜♪」

黒鳥の背に身体を埋めたレーベが、手を振って来る。

その頭にもリボンが付いた麦藁帽子。可愛い。

ハルが私達に向き直った。

「暑いから被っていようね。さ、乗っておくれ。ルーミリア女王国首府アビラーヤへ向かいながら、南方大陸について講義しよう」

*

ハルが召喚した黒鳥は南風を巧みに摑まえ、蒼い海洋を飛翔していく。

結界が風を遮ってくれているし、鞍のクッションもふかふかだ。

私の膝上に座り、興味津々な様子で海鳥達に小さな手を伸ばしているレーベを抱えながら、手綱を操る青年の背中へ確認した。

「つまり、南方大陸に『国家』はルーミリア女王国しかないわけね？」

「うん。他は精々部族だね。奥地に行けば未知の少数民族もいるみたいだよ。エルミアは何処まで行ったんだっけ？」

ハルが私の隣に座っている姉弟子へ聞いた。

エルミアは、かつて世界を遍く踏破した旅行家でもあるのだ。

目を細め、煌めく海面を見つめていた姉弟子が顔を上げた。

「『忘却の瀑布』までは見た。綺麗だったけど、二度はいい」

地名だけは誰しもが知っているだろう世界最大にして幻の滝だ。

人が到達可能な世界の南限、と言われている。

そこから先に広がる大森林を踏破した者は知られていない。

私は道具袋から水筒とグラスを取り出し、果実水を注ぐ。

「珍しいわね、そんなこと言うなんて。やっぱり魔獣が厄介だったの？　はい」

姉弟子はグラスを受け取り、顔を顰めた。

「……獣じゃなくて虫。人間よりも大きくて、しぶとかった」

「……ごめん」

「……ん」

素直に謝ると、エルミアは果実水を飲んだ。

「それに――滝から先は魔神教の残党の地。下手に突くと、燃え広がる可能性が高かった。

黒外套達も奥地に潜んでいたのかもしれない」

「！　ハル？」

私は聞き慣れぬ宗教の名前に戸惑い、青年を呼んだ。

ハルはグラスを手に取り、一口飲んだ。

「冷えていて美味しいね——【魔神】を信仰している宗教だよ。二百年前の『大崩壊』より以前、世界には【三神】それぞれを信奉する、巨大宗教組織があった。今、多くの人々が知るのは女神教だけになってしまったけどね。ああ、龍神教はまだ続いているようだよ。世界樹の傍に住むハイエルフ達が信者だった筈だ」

「……ふ〜ん」

ハルと出会ってから、暇を見つけては知識も得るようにしてきた。

でも……まだまだ知らないことだらけね。

私は両手でグラスを持っているレーベのお腹に手を回した。

「話を戻すわね。バラバラで、部族間が数百年に亘って争い続けていた南方大陸に、まるで『流星』のように現れたのが——【四剣四槍】だったわけね？」

「その通りだよ」

ハルがエルミアへ目配せした。

長い白髪の美少女は焼き菓子を口に放り込み、説明を再開した。

「先代族長が亡くなった際、ルーミリア一族は大陸東沿岸部、アビラーヤ周辺を領有するのがやっとの小さな部族だったらしい。けれど——」

ハルが前を向いたまま、左手を振った。

私達の前に南方大陸の勢力地図が投影される。

ルーミリア一族の領土は、淡い黄に染まっている東沿岸部の極一部。他の勢力も似たり寄ったりだ。

エルミアが指を鳴らすと、地図上の黄色が急速に広がり他勢力を飲み込んでいく。

暫くすると、西沿岸部にも黒色が広がり始めた。

——【国崩し】達の勢力。

「当時十三歳の王女が跡を継いだ後は連戦連勝。次々と周辺部族を併呑していき、ついには大陸の東沿岸部全域を押さえ、建国までも成し遂げた。この間——僅か十年。彼女に関して言えば、大小合わせ五十近い会戦を常に『指揮官先頭』で戦い抜いた、なんていう俄かに信じ難い噂もある」

「…………とんでもないわね」

齢十三の少女が一族を背負い、先陣を駆け、領土を切り取り、建国をも成し遂げる。

正しく――生ける英雄、か。

レーベの柔らかい髪を撫でていると、ハルが言葉を引き取った。

「南方大陸を統一せんとし、実際に此処まで成し遂げたのは彼女が史上初めてだ。【国崩し】は違う。彼は侵略者だからね」

「……秋津洲からよくもまぁ、こんな所まで流れてきたものね」

私は半ば呆れつつも、その執念に恐れ入る。

そういえば、ユキハナにも侍の子が流れて来ていたわね。

確か、名前はコマオウマル……だったかしら？　ハルが教えてくれる。

「それだけ、七年前に行われた秋津洲の天下分け目の戦い――『龍乃原の合戦』が大規模だったのさ。あの戦いで八幡は覇権を握り、逆に六波羅とそれに与した一族は没落するか、国を捨てるかの二択を強いられた。【国崩し】達は後者だったわけだね。彼もまた間違いなく猛者だ。何しろ【大剣豪】と相対して生き残っている」

「――…………はぁ」

私は果実水を飲み干し、レーベを抱き締め直した。

師と姉弟子へ愚痴を零す。

「ねぇ、世界って広過ぎやしない？　私、これでも特階位なんだけど？」

「レベッカは十分強いさ。ただ、世界が広いのも本当だね」

「ん。確かに広い、だからこそ面白い」

黒鳥が力強く羽ばたき、高度を上げていく。私は海面へ目を落とした。

上空から見れば大型帆船も豆粒ね。逃げた前近衛騎士団団長達の船が見つからなかったのも無理はないわ。

私はニーナ御手製のクッキーを取り出しながら、更に問いを重ねた。

「異名の【四剣四槍】っていうのはどういう意味なの？　幾ら英雄様でも人よね？」

「詳しくは分からないよ。南方大陸の情報は帝国であっても入り難い。仮定になる」

「構わないわ。教えて」

ハルが知らないのなら、この世界で知る者はいないだろう。

姉弟子は遥か水平線上へ目を向けている。

「おそらくはタチアナと同じだね」

「タチアナと同じって……ああ、そういうこと」

――【名も無き見えざる勇士の楯】

迷宮都市最高の楯役である【不倒】タチアナ・ウェインライトの持つ先天スキルだ。

彼女はこのスキル故に、楯役にも拘わらず軽鎧すら身に着けていない。

南方の英雄様は、タチアナ以上の先天スキルの持ち主なのだろう。

「でも……そんな強い英雄様がどうして病に罹ったのかしら？　【十傑】に、そんじょそこらの病気って通じるものなわけ⁉」

どんなに強くても、人は不死にはなれない。

けれど、【十傑】ともなれば魔力は桁違いだろうし、大概の負傷、病気は身体強化でどうにかなってしまう筈だ。

一番分かり易い例が近くにいるし……私は姉弟子をちらり。

エルミアが怪我したり、病気になったりした姿を見たことはない。

「……家猫レベッカ、今、どうして私を見た？」

「気のせいよ、気のせい」

追及されたので目線を外す。

エルミアが憤慨し、俯いた。

「失礼極まる。私だって……不治の病に罹っている。命に別状はないけれど……」

「……え？」

思わぬ告白に声が出た。

まじまじと姉弟子の横顔を見つめ、慌てる。

「あ……あの、その……ごめんね？　大丈夫、なのよね？　本気で言ったわけじゃ――」

「そう……元捨て猫にして、今ではハルにお腹を見せたがる、家猫レベッカをからかわずにはいられない病に罹っている……」

「！　エ～ル～ミ～ア～！！！！」

からかわれたことに気付き、声を荒らげる。

こ、この姉弟子はぁぁぁぁっ！

エルミアが顔を上げ、これ見よがしに嘆く。

「嗚呼(ああ)……また発作。でも、どうか許してほしい。これは宿痾(しゅくあ)なのだから……」

「カッコよく、言ってるんじゃ、ないわよっ！」

手刀の三連撃を全力で繰り出すも見切られ、よけられる。

膝上のレーベが興奮して瞳を輝かせ、姉弟子は鼻で嗤(わら)ってきた。

「ふ……甘い」

「ぐぅぅ……」

黒鳥の背中じゃなかったら、地団太を踏んでいるところだ。

ハルが手綱で指示を出した。飛翔(ひしょう)する方向が変わっていく。

「レベッカの言うことも分かるよ。【十傑】ともなると、身体強化が尋常じゃない。生半可な病気には罹らない」

「なのに、【四剣四槍】は戦場に出られない程の重篤なんでしょう？　敵は同格の【国崩し】と【万鬼夜行（ばんきやこう）】と聞くし、戦況はもっと深刻なのかもしれないわね」

ジゼルの言っていた冒険者ギルド支部の撤退、あり得るかも……。

ハルが静かな声を発した。

「カサンドラの話だと、使者を帝国へ派遣していたのは、表向き増援依頼を理由にしていたようだけれど……おそらく、【四剣四槍】はもう自分の命が長くないことを悟って――」

「ハル」

エルミアが突然、立ち上がった。

左手を伸ばし前方海面を指差す。

「帆船が襲われている」

「？」「……ママ、怖い」

ハルと私はエルミアが差した方向へ目を凝らし、レーベが私に抱き着いてくる。

――……見えてきた。

細い船型の異国の帆船が、無数の黒く蠢（うごめ）く物に囲まれている。

船上からは炎と瞬（またた）く魔力光。戦闘中なのだ。

黒鳥が速度を急速に上げた。帆船が大きくなっていき、私は見えたモノを口にした。

「黒い骸骨の……群れ？」「……この魔力、七年前の龍乃原でも」

虚空から、エルミアの右手に美しい魔銃【遠かりし星月】が現れた。

瞳には嫌悪と強い警戒。

ハルが私達の名前を呼んだ。

「エルミア、レベッカと先行しておくれ」

「ん」

「……え？　ええ？　えええ～～～～!?」

姉弟子は私の右手を摑み、黒鳥からいきなり飛び降りた。

見る見る内に大きくなっていく帆船。帝国の船ではない。

船上の帆柱は既に倒れ、動いているのは無数の黒い骸骨兵ばかり。

剣と槍の意匠が凝らされている異国の旗が燃え、船尾では褐色肌の兵士と黒茶髪の少女が必死に戦っている。

そうこうしている内に青年が少女を守り、骨の槍を受け倒れた。

白の服を鮮血で染めている少女は黒骸骨を槍で倒し、泣きながら青年を抱え込む。

私は姉弟子の名前を呼んだ。

「エルミア！」「後ろの子を助けろ。私は前を掃討する」

即座の応答。エルミアが私の腕を離した瞬間――【雷神化】。

腰の魔剣を抜き放ち――魔法剣を発動。

少女へ襲いかかろうとした数十体の黒骸骨達へ振り下ろし、一掃！

制圧力の高い雷波を、倒しそこなった黒骸骨へ速射。

時間を稼ぎ、ボロボロな少女の前に着地。ちらりと見やる。

淡い褐色肌。紐で結った黒茶髪。背は低く、魔力量もそう多くない。曲剣は半ばから折れ、胸甲にも大きな傷。荒く息をし呆然としている。

前方で暴風のように気味の悪い黒骸骨達を吹き飛ばし、粉砕している姉弟子を頼もしく思いつつ、異国の少女へ簡単な治癒魔法を発動。端的に問う。

「まだ動ける？」

「……え？」

「即答っ！」

「う、動けますっ！　みんなが……みんなが守ってくれたので………」

私は纏っている雷を更に活性化。無数の紫電が舞い散り、愛剣が深い紫に染まっていく。

この間もエルミアは次々と黒骸骨達を倒し続けているが……数が減っていかない。

「死にたくないなら、次の私の攻撃で海へ飛び込みなさい！　いいわね？」

「っっっ！　は、はいっ‼」

「それじゃ――っ！」

海面から突如、巨大な黒骸骨が船を囲むように姿を現し、私達を見下ろしてきた。

船首・中央・船尾にそれぞれ一体ずつ。合計三体！

手には肉断ち包丁を持っている。船を沈めるつもりねっ！

船首にエルミアが魔銃を持って降り立ち、腰から短剣を抜き放った。

くるりと回し、銃口に装着。光輝く刃が形成されている。

上空からは巨大な魔力反応。良しっ！

私は立ち上がった少女へ目配せ。愛剣を両手持ちにし、

「真昼間から、脅かしてくるんじゃ、ないわよっ！！！！！」

魔法剣を極大化。後方の巨大黒骸骨へ魔法剣を振り下ろしたっ！　少女が海へ飛び込む。

雷が全てを呑み込むのと同時に、船首、中央部分からも凄まじい閃光と轟音。

――……気持ち悪い魔力が消えていく。

頭上から称賛。

「お見事。魔剣の形態変化、慣れてきたみたいだね？」

私の傍(そば)に魔杖(まじょう)を持ったハルが降り立つ。

ハルの浮遊魔法で海へ落ちる前に拾われた、異国の少女が船尾甲板に倒れた。

お師匠様へ胸を張る。

「勿論(もちろん)！　だって、私には頼りになる育成者さんがついているんだもの」

「——ハル、レベッカばかりを褒めるのは不公平。私も褒めるべき」

極短時間で数百体の黒骸骨と巨大黒骸骨を倒したエルミアが、私の隣へ跳躍してきた。

船が沈むのも時間の問題だろう。

「エルミアも凄(すご)いね。そろそろ、僕の傍にいなくても良いかな？」

「……意地悪。今度、教え子裁判を開廷する。万難を排し出廷を！」

「ははは、楽しみにしておくよ——さて」

ハルがへたり込んでいる異国の少女へ声をかけた。

「大丈夫かい？」

「………………はい」

辛(かろ)うじて言葉を振り絞り、瞳を閉じ——少女は立ち上がった。

涙を堪えながら、礼を言ってくる。

「助けていただき……有難うございました。私の名前は――」

「ルビー・ルーミリア王女、かな？」

少女の顔に驚愕が浮かぶ。

「⁉　わ、私の名前を……？　し、しかも、あの魔法……あ、貴方はいったい⁉」

「……バカ」「……悪手」

私とエルミアは小声で零した。

この後のハルの言葉は、分かり切っている。

「ふっふっふっ……よくぞ聞いてくれたねっ！　答えるとしよう」

案の定、上機嫌な黒髪眼鏡の青年はわざとらしく、少女へ名を告げた。

「僕の名前はハル。帝国辺境都市ユキハナで【育成者】をしているんだ。此処で出会ったのも何かの縁。話を聞かせてくれないかな？　力になれると思うよ」

＊

「聞いてはいたけれど……あっついわね」

輝く白壁に囲まれた都市郊外の丘に黒鳥が降り立った時、真っ先に感じたのは肌に張り付くようなむわっとした熱気と潮風だった。

足下には見慣れぬ南国の花々。かつては庭園だったようだ。

壊れた石壁の隙間から、大きな夕陽が水平線上にゆっくりと沈みつつあるのが見える。

港の入り口にある大灯台の影もまた伸びて行く。

『千射夜話』に記されていた通り、圧巻の光景ね。

かなり距離がある筈なのに、強烈な香辛料と魚介類が焼ける独特な匂いが風に運ばれ、鼻腔を刺激する。

――ルーミリア女王国王府アビラーヤ。

南方大陸最大の港湾都市にして、黒鳥の背で聞いたハルの説明によると『同盟の海都に並ぶ人類最古の都市の一つなんじゃないかな?』らしい。

隣に座っているエルミアが目を細めた。

「……懐かしい風と匂い。家猫レベッカ、食事は後。落ち着け」

「い、行かないわよっ！　先、降りるわね」

姉弟子に反論しつつ地面に降り立つ。感じたのは温かいハルの魔力。

顔を上げると、黒髪眼鏡の青年は私に微笑んだ。

人々に見つからないよう結界を張り巡らせているらしい。

私はそれでも警戒しつつ、黒鳥の背にいる異国の少女へ手を伸ばした。

ボロボロの軍装の上から外套を羽織り、表情は見えないが緊張しているようだ。

「ルビー」

「！　は、はいっ！　【雷姫】様……」

「レベッカでいいわよ。ほら、降りなさい」

「……すみません」

私達が救った少女――ルビー・ルーミリアは、おずおずと私の手を取り、黒鳥から地面へ降り立った。目元が赤いのは自分を守り戦死した者達を想って泣き続けていた為だ。

結局……救えたのはこの子だけ。

他の兵達は皆誰一人逃げず勇戦。全員戦死を遂げていたのだ。

途切れ途切れ聞いた話によると――ルビーは、帝都で【女傑】が言っていた通り、姉であるルゼ女王の指示を受け、遥々帝国へ増援の要請を訴えに出向いたのだが、本国の戦局が加速度的に悪化。

【星落】の事件で混乱し、一向に決まらなかった皇帝との会談を取りやめ、安全な航路ではなく最短航路での帰国を選択し……洋上で黒骸骨の群れに襲撃されたらしい。

『私達の動向はバレていたのでしょう。私自身に意味はなくとも、ルーミリアの血筋には意味があるので……』

異国の王女の動向を把握する相手、ね。ハルへ視線を向けると微かに頷いた。

……女神教が関わっているのかもしれない、と。

私は小さく嘆息し、眼下に広がる都を見渡した。

橙色の屋根と夕陽に染まって行く白壁。無数に飛ぶ海鳥達。

大通りの露店には色鮮やかな日除けの天幕が張られ、布を頭に巻いた人々が忙しなく行き来している。何処となく余裕がない。

港では、軍船が引っ切りなしに入港と出航を繰り返している。

——この国は戦時下にあるのだ。

冒険者ギルドの支援も期待出来ないし、油断しないようにしないと。

気合を入れていると、姉弟子が黒鳥の上から跳躍。近くの一番高い壁の上へ移動した。

……何を警戒して？

最後に降り立ったハルは、黒鳥の頭を撫で「ありがとう」とお礼を言っている。

私は、警戒しながら師へ質問した。

「ハル、この後はどうするの？」

「そうだねぇ……取り敢えず、この子を送ろうか」

「っ！」

ルビーが絶句する中――黒扉が上空に出現。

黒鳥は翼を大きく広げ飛翔し、名残惜しそうに旋回した後、黒扉へ飛び込み消えた。

上空を飛んでいた鳥達が驚き、逃げて行く。

「大丈夫よ」

私がルビーを安心させていると、
魔杖が瞬き――

「ママ♪」

レーベが嬉しそうに私へ抱き着いてきた。

ルビーは目を見開き「……え？　ええ⁉　えええ？」激しく動揺。

昔の私を見ているようで、妙な気分ね。

幼女の髪を手櫛で梳いていると、ハルが上空を見つめ苦笑した。

「……これは確定かな？　エルミア、見えたかい⁉」

「当然」

壁の上に立ち、鋭い視線で空を見上げていたエルミアが同意。

左手を振り——

「え？」「っ⁉」

姉弟子は魔銃【遠かりし星月】を出現させた。

表面の刻印が激しく明滅し、白髪の少女の戦意が私達へ教える。思わず叫ぶ。

「エ、エルミア？　敵がいるのっ⁉」

「一応敵じゃない。まだ、何を仕出かしたのかは不明。けど——」

麦藁(むぎわら)帽子のつばを下げた。

「「〜〜っ！」」

私とルビーが絶句する中、丘全体に紫電が舞い散る。

「さっき逃げ散った鳥は巧妙に擬態させた使い魔。隠れて監視している時点で極めて怪しい。灰色は罰するのが掟(おきて)。やはり、一度、三味線にすべきかもしれない……」

「だから、三味線って何なのよっ⁉」

「……た、確か、秋津洲(あきつしま)皇国で作られていた楽器だったと思います」

ルビーが緊張した様子で教えてくれる。……博識ね。

黒髪眼鏡の青年が大袈裟(おおげさ)な動作で、エルミアをからかう。

「僕は何時教育を誤ったんだろう？　昔は何処へ行くにもちょこちょこと付いてくる、それはそれは愛らしい子だったのに………」

「——……記憶の捏造。私は昔から優美で可憐、すぐに折れてしまう花のような女の子。間違いない。これは世界における絶対不変の真理」

姉弟子の姿が掻き消え、一瞬でハルの傍へ。

ほんのりと頰を染めている横顔は確かに綺麗ではある。

……手にとんでもなく物騒な物を持っているせいで、相殺されているけれど。

「エルミア。それは厳しいんじゃないかな？　——今更だけど、麦藁帽子似合っているね。うんうん。君も書いていた通り、『南方大陸において、必需品は麦藁帽子である』っていうのは真実かもしれない」

「そ、そうやって、昔の話を持ち出すのは良くない。……良くないと思う」

そう言って、ぷい、と姉弟子は顔を背けた。

滅茶苦茶嬉しがっているわね。耳も尻尾もないけど、幻のそれが激しく動いてるのが見えるようだわ。

……私も、ハルに褒められたい、な。

ちらちら、青年へ視線を向けていると、ルビーがおずおずと口を開いた。

「あ、あの………ハル様とエルミア様は、南方へ来たことがおありなのですか？」

「『様』付けはこそばゆいな。僕は随分と前だけどね。エルミアはどうだったっけ？」

ハルが頬を指で掻き、姉弟子へ話を振った。

白髪似非メイドが瞳に決意を宿らす。

「滝を見た後は……前にみんなと同盟の海都の近くまで。あの脳筋猫をとっちめる為だけに。逃したのは痛恨だった。今回は逃さない」

「あんたが逃した、って……」

素直に言って、エルミアは恐ろしく強い。

私とタチアナの二人がかりで、短剣を抜かせるのが限界だったのだ。

……そんな姉弟子が獲物を逃した？　しかも、古参の教え子達もいて？

ハルが後を引き取る。

「今回は地形を変えちゃ駄目だよ？　地図職人が泣いてしまう」

「む！　ハルはさっきからとっても失礼。私はお淑やかで平和主義者。そんなことしない。

レベッカが弁護してくれる。あと、地形を変えたのは全部あの脳筋」

「本当は？」「しないわよ？」

ハルと私はエルミアへ淡々と返した。

姉弟子は、若干気まずそうに眼を逸らす。

「……新しい小島と天然の水路を幾つか作っただけ」

何をしているのよ、この似非メイド兼冒険者ギルド窓口さんは。

私のお師匠様が大袈裟な仕草で演技。

「レベッカ弁護人の意見は？」「ハル裁判官。弁護人は弁護を放棄します」

「むぅ……ハルも家猫レベッカも私に厳しい。私は褒められて伸びる子なのに」

「簡単に新しい小島と水路を作るような似非メイドの弁護なんて、無理よ」

私は左手を振り、戯言を受け流す。兄弟子、姉弟子達は人外に過ぎるのだ。

私みたいな一般人はほんと肩身が狭いのよね……。

みんな性格が一癖も二癖もあり過ぎだし？　まだ、会ったことないその脳筋猫？　も不安だわ……。

ハルが手を叩いた。

「よし、動こう。ルビー、王宮までの案内と女王陛下への面会依頼をお願い出来るかな？」

「……御力添えいただける、と思っても？」

「状況次第だね。ただ、【四剣四槍】殿は拒否されるんじゃないかな？」

「……姉様は私が説得します」

悲壮感溢れる表情になり、ルビーは拳を握り締めた。

幼女が小さな手を握り締め、飛び跳ねる。

「マスター、レーベも！」

「レーベにも手伝ってもらうよ。エルミア。全部落としておくれ」

「――ん」

姉弟子が魔銃を掲げ、速射！

超高速の煌めく魔弾が狙い違わず、上空の鳥達を射貫き――え？

私は見えたものが信じられず、目を擦る。

……射貫かれた鳥、消えなかった？

ハルを見ると、その手には文字の書かれた札。答え合わせをしてくれる。

「符術による魔法生物の顕現――秋津洲の魔法士がよく使う召喚魔法の一種だよ。レーベ、逆探をしてくれるかな？」

「♪」

幼女は嬉しそうにハルから破れた紙を受け取り――七色の魔光を遥か高空へ解き放った。

「わぁぁぁ……」

都全体を覆うようにキラキラと魔力が降り注いでいく。

レーベは数度首を可愛らしく傾げ、姉弟子に駆け寄る。

エルミアが幼女の頭を撫で「ん——ありがとう。レーベはとてもいい子」「♪」。

夕陽に染まる長く美しい白髪を掻き上げ、姉弟子がカッコよく魔銃を一回転させた。

「ラヴィーナから聞いた。脳筋猫——ラカンが『戦いを求めて南方大陸へ渡った』という話は本当だった。でも、後ろめたいことがあればハルや私の魔力を必ず監視させてくるのも当たった。でも、レーベの魔力は知られていないし……今なら奇襲可能」

麦藁帽子のせいで目は見えないものの、エルミアの口元には闘争の愉悦。

相手に同情する………あれ？　でも、エルミアが本気で実力の半分でも出して戦ったら、この都市、崩壊するんじゃ？

半ば戦慄していると、姉弟子が確認。

「ハル、行って良い？」

「いいよ。直接話したいし、あの子達を——ラカンとスグリを連れてきておくれ。ただし、山を吹き飛ばしたり、海溝を作ったり、湖を地図に加えたり、地殻変動を誘発したりしないように。死傷者を出すのも禁止だ」

「……私みたいに愛らしく、平和を希求する美少女がそんなことする筈ない。傷ついた。

とってもとっても傷ついた。これは今すぐ癒やしてもらわないと駄目！」

「今度、やったら自分達で全部後始末させるよ？」

間髪容れず放たれたハルの完璧な反撃。

エルミアは背中を向け、

「——……夜までには戻る」

姿を消した。逃げたわね。

ハルが苦笑し、私達を促した。

「良し、僕達も行こうか。噂の女王陛下にお会いするのが楽しみだよ」

**【嵐刃】スグリ**

「！　兄貴、兄貴。監視中の式神が全部墜とされたっすよ‼」

アビラーヤ郊外にある大灯台最上部から、式神の海鳥達をバレないよう慎重に操作していた私は目を開け、動揺しながら持ち込んだソファーに座っている猫——兄弟子のラカンを揺さぶった。

逆探は……されていない。危なかった。

十重二十重に欺瞞をし、生きている海鳥達に限りなく近づけた式神に気付き、一撃で全て墜とす。エルミア姉、相変わらず怖い。

獣耳と尻尾が嫌でも逆立っているのが分かる。

一応結界の量を増やして――兄貴が反応し、パタリと倒れた。

口元が赤いソースとパン屑で汚れている。

「むにゃむにゃ……もう、食べられないのである……」

「ちょ、ちょっと！　あ、兄貴⁉」

『は、早い。早過ぎるっ！　姐御だけでなく、師までも来られようとは……やはり、アザミと一時的とはいえ手を組むのは失敗であったかっ。スグリ！　厳重監視するのである。寛容な師はともかく、姉弟子は本気で洒落にならぬ。捕まればどのような目に遭わされるか……吾輩は、吾輩はまだ死ねぬのだっ！　【国崩し】達との決着もつけておらぬ故っ‼』

とか何とか言って、幼気な妹弟子を巻き込んでおきながら……自分は昼寝ぇ⁉

しかも、私の分の昼御飯まで食べるなんてっ！

怒ろうとして手を伸ばし――……優しく頭に触れる。

「はぁ……もぉ～……」

小さな頭を膝上に乗せると、多幸感で胸が一杯になる。結局、私はこの人に敵わない。

潮風が通り抜け、私の黄金色の髪を靡かせる。

——お師匠の黒鳥を感知した兄貴の行動は迅速だった。

自分達は絶対に近づかず、式神複数と視界を繋ぎ、お師匠とエルミア姉達を視認。

私達が隠れている場所を万が一にも逆探知されないよう、式神による中継は七段経由。

過剰、と思っていたけれど……兄貴の判断は正しかった。

でも、あの幼女はいったい？

正直、下手な真龍より強いように見えるんだけど……まぁ、お師匠が連れている時点で気にしたら負けかも——

「っ！」

宮殿を囲むように飛ばしている式神達の反応が次々と途絶していく。

こ、これは……かなり嫌な予感。兄貴を起こして判断を仰がないと！

「んむぅ～……スグリ、うまいのであるぅ………」

「…………」

膝上の猫の頭を撫で撫で。撫で撫で。撫で撫で。

……別に報せなくてもいいかも？

お師匠もエルミア姉も優しい人だし、素直に複数の【十傑】とぶつかったのを謝ればきっと許して——兄貴の何時も触りたいと密かに思っている髭が動いた。

直後、兄貴は重さを一切感じさせない動作で跳躍。

天井を蹴り、空中で一回転して着地。何百回見ても、カッコいい！

私は普段通り挨拶する。

「あ、おはよーございます。兄貴。夜食はまだっすよ？」

「むぅ！　それは残念——……ではないっ‼　ス、スグリ！　どど、どうして、すぐに起こさなかったであるか⁉」

「……だって」

兄貴の寝顔は全てに優先される。私もうら若き乙女だし……。

そんなこっちの気持ちも知らず、兄貴はあわあわ。

猫が二足歩行しながら慌てているのは、妙な光景だとは思う。

「だ、だっても何もないのであるっ！　い、急ぐぞっ！　早く逃げねばっ‼」

「宮殿の式神は潰されたっすけど、まだバレてはいないと思うっすよ？　えーっと……エルミア姉は——」

高空を飛ばせている式神の視界を確認。

――王宮の尖塔。国旗を掲揚している棒の先端に立つ、白髪を靡かせる美少女。

魔銃を持ちながら目を閉じる姿は、同性の私であっても嫉妬を覚えるほど綺麗だ。

兄貴が聞いてきた。

「……ど、どうであるか？」

「王宮の尖塔の上っす。麦藁帽子にメイド服。魔銃を出してるっすね」

「【遠かりし星月】をかっ！　うぐ……ほ、本格的にマズイのであるっ。袋の鼠ならぬ袋の猫とはこのことかっ！　あ、甘く見過ぎたのであるっっ‼　《魔神の欠片》絡みだからなのか、動きが速過ぎるっ！」

「あ～兄貴、袋に入るの好きっすもんね」

「うむっ！　あれは良い物――スグリ！！！！」

「……へぅ？」

兄貴が突然、私を抱き締め横に跳んだ。

そのまま置いてあるベッドへ二人して飛び込む。

私は予期していない出来事に激しく動揺。

「えええ、あのその、えっと……は、初めてっすから、優しくしてほしいっす……」

「冗談を言っている場合ではないのであるっ！　来るぞっ‼」

「？　来るって――っ⁉」

首府中に放っていた百を超える全式神が魔弾に射貫かれ、完全消失。

次いで、兄貴と私がさっきまで座っていたソファーも射貫かれた。

兄貴が震えながら、呻く。

「くっ！　こ、この程度の都市であれば何処にいようと有効射程内か！　スグリ、我等は邪悪な姉弟子に印を付けられた。隠れても無駄なのであるっ！　かくなる上は……死中に活を求める他無しっ！」

「あ、兄貴？　こ、これって、エルミア姉の攻撃なんすか⁇　宮殿から、ここまでどれだけ離れてると思って……」

ベッドから降り、身体強化魔法を限界までかけ始めた兄貴が教えてくれる。

「そうか。スグリはあの姉弟子の本気を見た事はなかったのであるな。すまぬ。ちゃんと伝えていなかった吾輩の失態だ。よいか。あの姉弟子の異名は【千射】と伝わっているが――本当は別なのだ」

「べ、別っすか？」

エルミア姉は、私がお師匠に弟子入りした時点で、もう現役は引退済み。

訓練はともかく、本気の戦闘を見る機会はなかった。

——静かな風が私達の間を通り抜ける。

夕陽が水平線に沈み、壁の魔力灯がついていく。兄貴が地団駄を踏む。

「二射目が来ぬ。む、無条件降伏の要求かっ！　お、おのれぇぇ、師と一緒だからといって、ええカッコしいな姉弟子めぇぇぇぇ！！！！！」

「あ、兄貴。エルミア姉の異名って……？」

私もベッドから降り、呪符を何時でも展開出来るよう準備。

兄貴が腰を落とした。

「今でこそ、その筋では【千射】の異名で通っているが……あれはあくまでも『千射夜話』が有名になってからのもの。本来の異名は」

「——随分と余裕をかましている。可愛い妹弟子の前だからといっても、私は一切手加減をしない。野放図な弟弟子の始末はつける」

「!?」

一切の気配なく、張り巡らせた感知魔法にも引っかからず——麦藁帽子を被った白髪のメイドは私達の背後を取っていた。

お師匠最古参の教え子の一人、世界最高射手【千射】のエルミア。

さっきまで宮殿にいたのに、どうやって⁉　いや、それよりも何よりもこれは。

私は顔を引き攣(つ)らせ、兄貴に尋ねる。

「……もしかしなくても、詰みっすか？」

「ん。詰み。……スグリ、挨拶は？」

「！　エルミア姉、お久しぶりっすっ‼　お元気そうで何よりっすっ!!!」

直立不動し、流れるように敬礼。

辺境都市の短くも濃かった日々を鮮やかに思い出す。

エルミア姉が魔銃を肩に載せながら、兄貴を詰問(きつもん)。

「もうネタは割れている。ハルに黙って、【十傑】と殺(や)り合ったことの弁明は？　行きに【万鬼夜行(ばんきやこう)】の使い魔に襲われている船も助けた」

「「っ！」」

す、既にお師匠にも知られている⁉

エルミア姉が腰に下げている見知らぬ短剣の柄(つか)に手をかけた。膨大な魔力波が発生。

紫電が飛び交い、幾つかの魔力灯を破損する。

「格闘馬鹿猫……先走ってハルに迷惑をかけるな、と何度言えば理解する？　今日は――

もう容赦しない」

エルミア姉がゆっくりと短剣を抜き放ち――魔銃へと装着。

この魔力、相当強い雷属性。しゃ、洒落になっていない。

すると、兄貴は身体を震わせながら両目を閉じられた。

「……最早、これまでなのである……」

「あ、兄貴⁉」

「――珍しい。観念した？」

左手の人差し指で自分の頬に触れながら、小首を傾げる白髪メイドさん。

……あざといっ。あざと過ぎっ！　余りの可愛さに歯噛みしてしまう。

それにしても、兄貴がこんな簡単に諦め――

「…………否。断じて、断じて、否なのであるっ！！！！」

両目をくわっと見開き、親愛する【拳聖】は戦闘態勢へ移行した。

大灯台が震える中、エルミア姉は怪訝そうな顔。

「――む。何のつもり？」

「知れたことであるっ！　理不尽な暴虐にさらされて幾星霜……もう、うんざりなのであるっ！　吾輩は……吾輩達はここに宣言するっ‼　もうこれ以上、そんな似合っていないメイド服を着ている姉弟子なんかには従わないとっ！！！！」

…………ん？

い、今、『達』って言ったような……？

エルミア姉は兄貴の啖呵を聞くと不思議そうな顔になり、私に視線を向けてきた。

「――スグリ？」「冤罪っす！！！！」

全力で否定する。

私は確かにこの姉弟子の本気を知らない。

……ないが、本人曰く『巣立ちの餞別』という名の模擬戦で数十回死にかけた。

故に、私は逆らおうなんて、これっぽっちっ、も思っていないのだっ！

兄貴が振り向き、訴えてきた。

「ス、スグリ、吾輩を裏切るのであるかっ⁉　我等は一蓮托生の筈っ‼」

「そ、そうっすけど……エ、エルミア姉」

私は勇気を振り絞り、【千射】の準備をしている姉弟子へ質問。

「兄貴、今回はそこまで怒られるような真似はしてないと思うんすよ。谷を埋めただけっすし。アザミの方が無茶苦茶やってましたし……」

「アザミ？　ラヴィーナの言っていた通り、あの子も来ている……ラカン？」

「わ、吾輩は【四剣四槍】殿の依頼で参陣した。その際、情報は提供したが、詳しい経緯は知らぬっ。何やら【万鬼夜行】の《魔神の欠片》を欲している、とは聞いたが……」

「…………はぁ」

エルミア姉は嘆息し、麦藁帽子を深々と被り――魔銃を振った。

短剣が眩い光を放ち始める。ま、魔力の桁が違い過ぎるような⁉

「――……有罪確定。スグリ」

「は、はいっすっ！」

普段、無表情なエルミア姉が微笑された。

――無理無理。無理っ！。こ、こ、これは絶対に無理っ‼

獣耳と尻尾をすっかり小さくした兄貴が私の背中に回り込み、押してくる。

「あ、兄貴、押さないで、押さないでっ！」「い、妹弟子は兄弟子を守るのである」

「端的に聞く。貴女は私の味方？　それとも――そこの馬鹿猫の味方？」

私は踵を合わせ、姉弟子に再び最敬礼した。

「ハハハ。な、何を言ってるんすかぁ。不肖、このスグリ。エルミア姉の妹弟子っすよ？

逆らうなんて、考えたこともないっス！」

「――なら、こっちに来る」

「は、は～いっす」

「ス、スグリ!?」

私の背に兄貴の愕然とした声が当たる。

……申し訳ない。生きてください。骨は必ず拾います。

エルミア姉が麦藁帽子を外され、私へ渡してきた。

兄貴は砕けた戦意を奮い立たせ、構える。

「ま、負けぬっ。負けぬぞ……吾輩は、このような悪逆非道で、師離れがまるで出来てお
らぬ姉弟子には負けぬっ！！！！！」

「戯言。私程、ハルから離れて世界を歩いた者もいない。結局、私の居場所はあの人の隣
しかなかった。覚悟はいい？　馬鹿猫――……その前に。スグリ」

「は、はいっす」

「いい機会。どうせこの馬鹿猫はきちんと教えてない筈。教えた?」

「…………男は小事には、っ!」

兄貴の足下を魔弾が貫通。み、見えなかった……。

抜き打ちを披露したエルミア姉が淡々と教えてくれる。

「ハルは自分が教えた子達に甘い。大概の事は許してくれる。昔、ラヴィーナが馬鹿な実験をしていた小国を潰した時も苦笑するだけだったし、【神剣】とグレンが某半島を抉った時も困った顔をしただけ。ルナとハナの喧嘩で、某大森林が燎原になった時も同じ」

……全部実話だった⁉

兄弟子、姉弟子達に逆らうのは自殺行為と同義と改めて認識する。

エルミア姉はゆっくりと魔銃を兄貴へ向けながら、続けた。

「だけど、ハルは私達が無謀な戦いをするのを許容しない」

「え? 兄貴はお師匠から『好機必戦』の許可を貰ってるって。それに私も、『好きにしていい』って言われているのを聞いたっすよ?」

「それは白紙委任状じゃない。【十傑】程の相手と本気で殺り合う羽目になった場合は、ハルか私へ連絡する約束になっている。スグリ、もしも貴女が【十傑】の誰かと、一人で真正面から戦うことになったらどうする?」

私は考え込む。

冒険者の階位を取ったことはないけれど……自分の実力を鑑みれば、

「今回は兄貴が一緒だから依頼を受けたっすけど、お師匠とエルミア姉に相談するっす」

「ん。正解。この馬鹿猫は【国崩し】【万鬼夜行】、病が軽かったら【四剣四槍】とも、殺り合うつもりだった。だから、さっきハルを見て逃げた。レーベの感知から完璧に逃げたのも露骨。自分で後ろめたいと思っている証拠」

「……レーベ？　い、いや、でも兄貴はアザミを呼び寄せた上で戦闘をしたっすよ？」

「………………」

知らない名前を疑問に思いつつ私は反論。兄貴は沈黙している。

エルミア姉が目を細めた。

「……アザミの件は後で詳しく聞く、戦前はこう考えていた筈。『アザミの魔法で雑魚共を一掃。美味しいところだけ吾輩が貰うのであるっ！』。出来なかったのは、あの子の実力が想像以上に上がっていたからと、性格を読み誤っただけ」

「あ、兄貴……？」

姉弟子と私は俯いている、灰色猫を見た。

「……くく……くっくっくっ……バレてしまってはぁ、仕方ないのであるなぁ……」

黙って話を聞いていた兄貴が、悪い声を出そうとする。

全然、似合ってない……むしろ……。

兄貴が右手をエルミア姉に突きつけ、胸を張る。すっごく可愛らしいっ！

「過保護なのであるっ！　もっと戦いたいのであるっ！　凱帝国の【飛虎将】殿との一戦も途中で邪魔をされ決着がつかず、秋津洲の【大剣豪】に挑もうとするも止められ、【天下無双】殿は名誉の戦死……吾輩、欲求不満なのであるっ。アザミは【万鬼夜行】と殺り合い、【国崩し】をも敵にした。羨――折檻を受けるのなら、あ奴も同罪であるっ！」

「あ、兄貴、アザミは……」

「あの子には、秋津洲の主だった連中を皆殺しにする権利がある。そうしてないのは、ハルの『優しい子になってほしいな』を守っているから。……御託はもういい？」

エルミア姉の声が低くなり、桁違いの魔力が更に膨れ上がっていく。

――……始まる。

そう思った時、エルミア姉が私の首筋を持って兄貴へ放り投げた。

「きゃっ！」

「馬鹿猫。一時休戦。落とすな」

「誰に物を言ってるのであるかっ。吾輩が可愛い妹弟子を落とす筈がなかろうっ！　スグリ、急ぐ故、舌を噛まぬよう注意せよ。宮殿に『何か』がおるっ！」

＊

「ハルさん、レベッカさん、着きました！　此処が『白百合の宮殿』です」

「へぇ……面白い形なのね」

ルビーに案内され、私達が辿り着いたのは首府の西の外れ。

海水を引き入れた巨大な水堀に囲まれている、白亜の大宮殿だった。

建物の形も花を模しているみたいね。

既に夕陽は落ち、そこかしこに大型のランプや篝火が焚かれている。帝国で一般的に使われている魔力灯はそこまで普及していないようだ。

ハルが私の視線に気付いた。

「いい着眼点だね、レベッカ。ほら、あそこを見てごらん」

何でも知っている私のお師匠様が教えてくれる。レーベはおねむらしく、途中で姿を隠してしまった。

ハルの指差した先にあったのは、宮殿南方から伸びる桟橋だった。

丁度、大型の帆船が到着したらしく、兵士達が下船している。

「この宮殿は大型の軍船が接岸出来るようになっている、謂わば『要塞』なんだ。都の西方にあるのは、『敵は西方から来る』が、歴代の族長達の認識だったからだろうね」

「ふ〜ん……」

「ハ、ハルさん、お詳しいんですね……その通りです」

ルビーが目を白黒させ驚く中、私は麦藁帽子を押さえ宮殿を見上げた。

中央の三角錐の尖塔には何か文字が浮かび上がり明滅している。防御結界かしら？

美しい建物だけれど……正面の石橋の前には土塁が築かれ、完全武装の兵達が警戒中。

物々しい雰囲気だ。ハルが『要塞』と言うのも頷けるわね。

私が帝都で調べた【四剣四槍】は民と語らうのを好み、祝い事の際には宮殿を開放して祭りを楽しむ人物だったらしいのだけれど……これでは、とても一般市民は立ち寄れない。

そこまで、この国は追い詰められているのだ。

「では——行きましょう！」

ルビーが私達を先導し、話し合っている兵士達へ近付いて行く。

帝国や王国の騎士達と違い、随分と軽装に見える。

土塁前にいた老兵が私達に気付き槍を構えつつ、腹の底から大声を発した。

「そこのお前達、待てっ！　此処はルゼ・ルーミリア女王陛下のおわす『白百合の宮』である！　名を名乗られたいっ‼」

老兵の声に合わせ、兵士達もすぐさま槍や剣を構える。へぇ……。

追い詰められつつある国なのに、士気が想像以上に高い。【四剣四槍】は、余程信頼されている君主なのね。ハルをちらり。

黒髪眼鏡の青年は微かに頷き、ルビーを目線で促す。

異国の少女は外套のフードに手をかけ、顔を露わにした。

兵士達がどよめく。

「！　あ、貴女様は……」『⁉』

少女は背筋を伸ばし、右腕を真横に胸の中央へ。

「任務、御苦労様です！【四剣四槍】が末妹ルビー、ただいま帰還しました」

「三姫様！　よくぞ……よくぞ、御無事で…………」

老兵が顔を皺くちゃにした。

ルビーに近づき震えながら手を取り、滂沱の涙を零す。兵士達も泣いている。

「ありがとう、爺。でも、みんなは……帰りの船の上で黒い骸骨達から私を守って……」

そこまで言って、ルビーは顔を伏せた。

少女の瞳から涙が零れ落ち、地面に跡を作っていく。

老兵が目を見開き、悲嘆と怒りを口にする。

「！　何と……おのれっ‼　あの妖魔の女王に情報が漏れていたかっ！」

「……ごめんなさい。本当にごめんなさいっ。私に、姉様みたいな力があれば……」

自分を守る為に、親しい人達が目の前で死ぬ。

それは重い出来事で、容易に心の傷も癒えない。

けれど——私は一歩前に踏み出し、ルビーの背を叩いた。

「きゃっ！　レ、レベッカさん……？」

目を白黒させ、私を見た王女様と視線を合わす。

「泣くのは後よ。ルビー・ルーミリア。貴女は生かされた。なら——泣いている暇はないでしょう？　護衛の人達を悼むのは、自分の責任を果たしてからにしなさいっ！　私もハルも、偶然とはいえ助けた以上、手は貸してあげる。ね？」

「………はい。はいっ！」

ルビーは目元をごしごしと袖で拭い、無理矢理笑顔になった。

この子はきっと強くなるわね。

老兵と兵士達が、事情を察し微かに私へ目礼。

異国の姫君が私達を紹介してくれる。

「爺、こちら、ハルさんとレベッカさん。絶体絶命だった私を救ってくれたの」

「――王女陛下近衛第二中隊を任されておりますノキト、と申す。三姫様を救い、息子と部下達の奮戦を無駄にしなかったこと、心から……心から感謝致す」

老兵が見事な動作で敬礼をすると、兵士達もそれに続いた。身体が微かに震えている。

私は心から称賛。

「貴方の部下達の戦いぶりは見事だったわ。相手は【万鬼夜行】の使い魔。私達が間に合ったのは、彼等が起こした奇跡だと思う」

「……痛み入り申す。遠くない将来、冥府で会いし時には必ず伝えたく」

老兵と兵士達の顔には濃い悲愴感。戦局は想像以上に悪いようだ。

「ルビー、そろそろ本題を」

ハルが少女に話しかけた――その時だった。

『！』

突如、宮殿内の奥から禍々しく強大な魔力が立ち上った。

この魔力、女神の力を無理矢理用いる【狂神薬】を飲んだ『剣聖』に似ている⁉

ハルが私の名前を呼んだ。

「レベッカ、行くよ」

すぐさま、黒髪眼鏡の青年が疾走を開始。

「了解！　ルビー！」

「え？　あ、は、はいっ！　ノキト！　兵を集めて、宮殿へっ‼」

「はっ！」

私は異国のお姫様を抱きかかえ、ハルに追随した。

石橋を越え、宮殿内を駆けに駆ける。

途中、多くの動揺している兵士達に遭遇するも石廊の天井を疾駆。

「っ！？！！」

ルビーが目を回しているが、気にかけてはいられない。

私だってハルについて行く為、かなり無理をしているのだ。

幾つもの部屋と石廊を越えていくと――若い女性の怒号が聞こえてきた。

「皆、退けっ！　これより先は女王陛下の寝所であるっ!!!　誰であろうと、進むことはまかりならんっ！！！！」

「近衛が出しゃばるな！」「女王陛下を守らず、帰って来やがってっ！」「陛下の御容態はどうなんだ？」「いい加減説明しろっ！」「何時、敵がやって来てもおかしくないんだぞ」

兵士達が不満を叩きつけている。

もしかして、この禍々しい魔力を発しているのは……【四剣四槍】本人なの⁉

私は先を進む青年へ叫んだ。

「ハルっ！」「先陣は譲るよ」

言外に込められた信頼に頬が緩んでしまう。

――開かれたままの大きな石扉が見えて来た。

高い天井に大理石の太い柱。部屋自体もかなり広い。謁見の間なのだろう。

中で対峙しているのは――異変を察知し集まった兵士達と、包帯を巻いた両手を広げ立ち塞がっている異国の女性戦士達。装備からして近衛ね。

味方同士だろうに殺気立っている。私はルビーへ告げた。

「跳ぶわよっ！」「え？　レ、レベッカさんっ⁉」

異国の姫君の返答を待たず、急加速。

「むっ！」『！』

部屋へ突入し兵士達の頭上を飛び越え、着地。紫電で牽制しながら、叫ぶ。

「双方、落ち着きなさい！」

手に魔槍を持つ若い女性戦士——おそらく隊長格は怪訝そうな声を発した。

「……何者か？　今は、新たな客人の相手はしていられないのだが？」

「結構な言い草ね。ルビー、説明して」

「は、はい」

私は抱えていた異国の王女を床に降ろした。

『！』「三姫様？」「お戻りになったのか？」「じゃ、じゃあ、帝国の増援は……」

「ル、ルビー様⁉」

女性戦士達と兵士達が驚き、若い女性隊長は声を震わせた。

……ルビーが帰って来るのは想定外だったのかしら？

息も絶え絶えな様子の王女が、顔を上げる。

「はぁはぁはぁ……ベリトも、みんなも落ち着いてください。今、私達がいがみ合っても、それは敵を利するだけです」

『…………』

王女の帰還を目の当たりにし、兵士達の怒りが沈静化。

女性隊長――ベリトが深々と頭を下げた。両手の包帯に血が滲んでいて痛々しい。

「……女王陛下の御容態の詳細を説明出来ないことは謝罪する。だが、侵略者共は陛下の如何なる情報をも欲しているのだ。どうか……どうか許してほしい」

『…………』

兵士達は顔を見合わせ――不満そうにしながらも謁見の間から出て行った。

私とルビーの肩が叩かれる。

「嗚呼……これはまずいね」

「ハル！」「ハルさん！」

黒髪眼鏡の青年が到着。

――宮殿奥からは依然として禍々しい魔力が漏れ出てくる。

間違いない。これは……帝国の皇宮で変異した『剣聖』が発していたものと同種だ。

「ルビー様っ！」

緊張した空気の中、ベリトが堪え切れず、ルビーを抱き締めた。

泣きそうな顔になりながら、言葉を漏らす。

「……まさか、帰って来られてしまうなんて……」

「……ベリト？」

異国の女戦士はルビーの疑問に答えず、私達と視線を合わせた。

「有難うございました。助かりました。近衛隊隊長を務めるベリトと申します」

「僕の名はハル。育成者をやらしてもらっているよ。この子はレベッカ。手を」

「？　何を――っ！」『！』「わぁ」

ハルはベリトの手を取り――治癒魔法を発動。

女性戦士達が驚き、ルビーが歓声をあげた。

光が収まると、黒髪眼鏡の青年が優しく微笑んだ。

「癒やしておいたよ。腕の立つ治癒魔法士達は女王陛下の所かな？」

「…………貴殿はいったい」

黒髪眼鏡の青年が肩を竦め、嘯いた。

「さっきも言ったろう？　育成者だよ。……厄介な事になっているみたいだね。僕達も【四剣四槍】殿と面会したいんだけど――」

奥の部屋からくぐもった呻きと、切迫感のある複数の人間の指示。

女性が歯を食い縛り、痛みに耐えているようだ。

「……そのような状況じゃなさそうだ」

ベリトと女性戦士達が深々と頭を下げた。

「ルビー様を救っていただいた恩人に対して申し訳ないのだが、今のルゼ様は……」

「早く行ってあげた方がいい。お節介だけれど、これも渡しておこう、ルビー」

「ハルさん？」

私のお師匠様は袖から翡翠色の液体の入った小瓶を取り出した。

この魔力……とんでもない秘薬ね。

青年は戸惑う王女に小瓶を手渡す。

「世界樹の葉を使った痛み止めさ。連絡用に小鳥を後で送るよ」

「！　は、はいっ‼　みんな！」『はっ！』

一瞬驚くもルビーは頭を下げ、近衛兵達を引き連れ奥の部屋へと駆けて行った。

──やがて、叫びが小さくなり消えていく。ハルの薬が効いたのだろう。

私はおずおずと尋ねる。

「ハル……この魔力って……」

「大丈夫だよ。すぐにどうこうなるわけじゃない。……ただ、女王は【狂神薬】を使っていたのかもしれない」

【四剣四槍】の病……裏がありそうね。

これからの難戦を想っていると、謁見の間に突風が吹き荒れた。

「ハル！」「師よっ！　禍々しき者は何処であるかっ！」「ううう……」

突然、現れたのは白髪似非メイド。

そして、道着を着た灰色猫に抱きかかえられ、目を回している狐族の少女だった。

…………誰？

師がのほほんと迎える。

「おや？　エルミア、早かったね。そして――」

ハルは嬉しそうに、楽しそうに微笑んだ。

「やぁ、ラカン、スグリ。元気そうで何よりだ。……少々盤面が混沌としてきていてね。夕御飯を食べながら、君達の意見を聞かせてもらえるかな？」

# 第3章

宮殿を出た私達はアビラーヤ郊外の海岸へやって来た。

かつては砦（とりで）だったらしく、植物の蔦（つた）が這（は）う半ばから崩れた石壁等が残っている。

天井は朽ちてしまったようで、見慣れぬ南国の植物の葉が覗（のぞ）く。

「うん、ここら辺でいいかな。レベッカ」

「ええ」

ハルに言われ、私は後ろにいたエルミア、道着を着た灰色猫と異国の装束を着ている狐族の少女の傍（そば）へ。

すると、黒髪眼鏡の青年は手に持っている魔杖（まじょう）で地面を突いた。

一気に魔法陣が床、壁、空間を走り——

「わぁぁぁぁ～」

壁、天井が修復されていく。

複数の魔力灯。数台のベッド。木製のテーブルや椅子、ソファーも出現。

魔杖を振り、強大な結界を張り巡らしたハルが振り返り、私達へ微笑む。

「これで一晩過ごせるだろう。二人の紹介をしておかないとね。レベッカ、こっちの猫がラカン。人族なんだけれど、色々あってね……こんな姿になってしまっているんだ」

ハルが右手で新しい兄弟子を示した。

すると、灰色猫は跳躍。設置されたばかりのソファーの上に立ち、名乗る。

「【拳聖】ラカンである！　兄弟子なのであるっ‼　師よ、良い機会故、吾輩を元のカッコいい姿に戻していただけぬか？」

「兄貴！　私は断固反対っすっ‼」「ん～……難しいかなぁ」

即座に狐族の少女とハルが反応。

黒髪眼鏡の青年は、頰を掻きながらラカンへ苦笑した。

「ラヴィーナにまた変な魔法をかけられたね？　元の魔法を無理矢理上書きしたものだから、下手に戻すと……」

「も、戻すと、な、何なのであるかっ！　何なのであるかっ⁉」

道着猫はあわあわし、身体を震わせる。

……【星落】の魔法。想像したくもないわね。

ハルがエルミア達にも意見を聞く。

「君は今のままの方が可愛いよ。エルミア、スグリもそう思うだろう？」

「……ん。まぁ」「はいっすっ！」

「姐御っ！　嫌そうに言わないでほしいのであるっ！　吾輩だって傷つくのであるっ‼」

「……脳筋猫は五月蠅い。ハル、続き」

白髪似非メイドは顔を顰め、黒髪眼鏡の青年を促した。

ハルは頷き、狐族の少女へ右手を向ける。

「こっちの子はスグリ。専らラカンと一緒に行動しているんだ」

「はいっ！　スグリっす。仲良くしてほしいっす‼」

「レ、レベッカよ。よろしく」

姉弟子の少女は、黄金に輝く獣耳と尻尾を大きく揺らし、私の両手を掴みながら、何度も飛び跳ねた。

勢いに押されていると、窓から小鳥が入って来てハルの肩に留まった。脚に紙が結び付けられている。みんなの視線が集中。

紙を取ると小鳥は消失。目を走らせたハルが口を開いた。

「ルナからだ。頼んでおいた『探し物』を見つけてくれたらしい。近い内に届けてくれるそうだよ。あと、廃教会の留守番役にも連絡がついたってさ」

「『届け物』？　それに留守番役？」

ルナ——世界最強【天魔士】の称号を持つ、ハルの教え子だ。今は、帝国の西都にいる。

辺境都市の廃教会の留守番役は……エルミアとラカンが零した。

「……あの子が留守番をするなんて、珍しい」「……人里に出て来られるとは」

「？」

私とスグリは理解出来ず、目をパチクリ。

ハルが白髪似非メイドの名前を呼んだ。

「エルミア」

「ん。適当に食べられる魚でも狩ってくる」

「よろしく頼むよ。スグリ」

「あ、お風呂っすね～。お任せっす！」

「ありがとう。いい子だね」

「えへへ♪　行って来るっす～☆」

スグリははにかみ、その場で嬉しそうに一回転。

エルミアと一緒に、外へ出て行った。……わざと、ラカンと私を残した？

黒髪眼鏡の青年は椅子に腰かけた。

「さて――ラカン、言い分を聞こうか」

「二人の【十傑】と戦ったは吾輩の武を試す為。それ以上、それ以下でもないのである」

ソファーの上で腕組みをし、灰色猫は嘯いた。

……複数の【十傑】とそんな理由で戦う。

古参の教え子達の頭の螺子って、どうなっているのかしら。ハルの後ろへ回る。

「分かっているよ。その件に関してのお小言は後にしよう。今、僕が知りたいのは」

「【万鬼夜行】の持つ《魔神の欠片》であるな？　【全知】の遺児を名乗る黒外套達が集めていると聞き及ぶ。帝都で見たが……本当に遺児かは疑問なのである。ラヴィーナの姐御は長子を名乗る者と接触し、皇宮の戦力結界の解呪法を提供されたそうだが」

兄弟子の声色が一転重くなった。ラヴィーナが帝都で言っていた内容を思い出す。

『――情報は本物だったわ。【全知】が『大崩壊』を引き起こす切っ掛けを作った女神教を、憎悪しているような発言もしていた。でも、あの長男には違和感もあったわね。私の知っている【全知】は、自分の復讐を他者へ渡したりしない』

黒外套達は、皇宮での戦闘に姿を見せなかった。

『勇者』を攫った船を襲撃した可能性もあるけれど……。

ハルが灰色猫と視線を合わせた。

「ラカン、君は強い。スグリも随分と成長したようだ。だがね……【国崩し】【万鬼夜行】という、二人の【十傑】を相手にして通常なら無傷ではいられない。たとえ、アザミと手を組んでもね。僕達が洋上で交戦した黒骸骨も妙に脆かった。彼等の力、弱まっているんじゃないかな？」

確かにそうだ。私の攻撃でも十二分に通じた。

ラカンが髭をしごく。

「……御想像の通りなのである。【万鬼夜行】殿は随分と弱っておられた。吾輩、魔法にはそれ程詳しいわけではないが……」

灰色猫の瞳には深い知性。

最古参の教え子の一人……侮れないわね。

「左目の《魔神の欠片》を抑えるのに、大半の魔力を喰われているのであろう。名高い制御宝珠【白夜道程】もアザミに奪われ、戦闘に倦んでいる空気も感じられた。片や【国崩し】殿には疲労と焦りが見てとれたのである。スグリの資料によれば連続攻勢をかけているようなので、物資は豊富のようだが……人的資源の損耗の問題が大きいのであろう」

「【四剣四槍】は？」

間髪容れないハルの問いかけ。

ラカンは言い淀むも、重く口を開いた。

「………殿を務められる直前に奇妙な薬を使っていたのである。吾輩の記憶が正しければ、あれは【狂神薬】に類する物だったかと」

「！　そ、それって、やっぱり……ハル？」

ルーミリア女王国は、帝国・王国・同盟の後援を受けていた。

その女王が病軀を押し戦場に出る為、【狂神薬】を使用する……変だ。

もしかして、危険性を知らされていない⁉

私のお師匠様は考え込むもそれ以上は続けず、次の質問をした。

「アザミはどうしたんだい？」

「分かりませぬ。敵に【十傑】が二人いるとの情報を得た為、【万鬼夜行】を追いこの地へやって来た奴にも声をかけたまでのこと。死んではいますまい」

「……困った子だなぁ。ラカン、この大陸で今起きていることは調べたね？」

「無論なのである。師の教え故」

ラカンは胸を張った。

ハルが考えを整理しながら、言葉を紡ぐ。

「七年前、秋津洲(あきつしま)を追われた【国崩し】が一族郎党を引き連れて南方大陸に渡ったことは僕も聞いていた。だが、その名前を聞いたのは近年になってから。如何(いか)に【国崩し】とその郎党とはいえ、異国の地で勢力基盤を整えるのは困難を極めたのだろう。……なのに」

ハルが顔を上げ、ラカンに尋ねる。

「今や、ルーミリア女王国を追い詰めている。からくりは何だい？」

「確証はないのである。西岸に膨大な物資が船で輸送されているようだが……師よ、吾輩も問いを発して構わぬであろうか？」

「うん」

膨大な物資。しかも、戦局を変える程の。

そして、帝国とレナント王国は南方大陸に深入りしていない。

つまり――関与しているのは『同盟』⁉

ラカンは肉球を見せながら、可愛い指をハルに突き付けた。

「まず一つ！　師とエルミアの姐御が此方(こちら)へ来られた理由は何なのであるか？」

「攫われた帝国『勇者』レギン・コールフィールド嬢の奪還。女神教は、彼女の義兄を触媒にして【銀氷(ぎんひょう)の獣】一部顕現を成し遂げた。そこから研究を進め、レギン嬢を用いて【始原の者】を顕現させようとしている可能性が高くてね」

ラカンが瞳を大きく見開き、獣耳と尻尾を逆立たせた。

「⁉　そ、そのようなこと……本当に可能、なのであるか……？」

「皇宮で【銀氷の獣】と交戦したよ。そして、『剣聖』は【狂神薬】を常用していた」

「………剣呑であるな。師とラヴィーナの姐御が倒されたのか？」

「僕とラヴィーナと――」

ハルが私を見て、不敵な笑み。それだけで誇らしくなってしまう。

「レベッカでね」

「………二つ目なのである」

灰色猫は、目を細めハルを鋭く睨んだ。

心からの疑問。

「どうしてこの者なのであるか？　聞けば、もう一人……教え子でもない者へも《時詠》を用いた、と。特階位冒険者といっても古参の者達よりも技量劣弱っ！　師の新たな【剣】と【楯】になり得るとは思えぬっ‼」

「っ！　……言ってくれるじゃない」

私は唇を噛み締め、兄弟子を睨み返す。

古参の教え子達にとって《時詠》は想像以上に重要な魔法のようだ。

ハルが立ち上がり、手で私を制した。

「レベッカ、落ち着いて。ラカン、確かにレベッカ・アルヴァーンとタチアナ・ウェインライトは、君達よりも『今は』弱いかもしれない。でも――」

普段通りの微笑み。

けれど、眼鏡の奥の瞳は真剣そのもの。ラカンへ強い確信を示す。

「将来は分からない。僕は育成者だからね。人を見る目には自信がある」

「むぅ……師の眼力は信じているが、納得はしかねるっ！　とうっ‼」

灰色猫は跳躍し、あっという間に入り口から外へ。

夕陽に染まる海岸に大声が轟く。

「最早言葉は不要！　来るがいい、小娘っ‼　吾輩に己の力を証明してみせよっ!!!」

「――ハル」

私は静かに黒髪眼鏡の青年の名前を呼んだ。

ここで退くのは、レベッカ・アルヴァーンじゃないわっ！

「仕方ないなぁ。ああ、でも丁度良いね」

「？　どういう意味⁇」

「なに、簡単さ」

ハルは立ち上がり、私の左肩を軽く叩いた。

「成長したいなら、自分よりも強い相手と戦うのが一番手っ取り早い」


二人で外へ出ると、砂浜にラカンが立っていた。

夕陽の中を紙の鳥が飛び、ハルの結界を補強している。スグリの魔法？　のようだ。

黒髪眼鏡の青年が私に目配せ。

頷き、ラカンから離れ向かい合って立ち、雷龍の剣を抜き放つ。

兄弟子は嬉しそうに口元を緩め、牙を見せる。ハルが魔杖を振った。

私に七属性支援魔法が重ね掛け。

瞳に――《時詠》。

「ラカン、勝負はお互い一撃ずつだ」

「承知！」

「レベッカ。最高の一撃をぶつけてみよう。コツは」

「集中、ね？」

私はハルを見ず、しっかりと返答。

愛剣に魔法剣を発動。……もう一振りあれば。

躊躇（ためら）いを振り払い、私は魔法剣をラカンへ突き付ける。

「手加減なんてしないわよ？」

「当然なのであるっ！　兄弟子は妹弟子を受け止めるのが習わし故っ‼」

「その言葉――後悔させてあげるっ！！！！」

後先考えず魔力を解放し、全身に雷を纏（まと）う。

未（いま）だ構えようともしないラカンが目を細めた。

「ほぉ……【雷神化】であるか。久方ぶりに見たのである。稚拙だがな」

「言ってなさいっ！」

私は愛剣を両手持ちにし、魔力を集束させていく。

目を閉じ――集中。

ふっ、と息を吐き、裂帛（れっぱく）の気合をラカンへ叩きつける。

「行くわよ、【拳聖（けんせい）】っ！　私の名前はレベッカ・アルヴァーン‼　ハルの【剣】になる者よっ‼」

「来るがいいっ！」

次の瞬間、私は思いっきり砂を蹴った。

ラヴィーナ戦に匹敵する速度まで加速し、全力の上段斬りを敢行。

「やぁぁぁぁぁぁ！！！！！！！」「はっ！！！！！！！！！！！！！」

【拳聖】はあっさりと私の動きに対応。容赦なく迎撃してきた。

瞳に刹那の先が『映る』。

……駄目。

このままじゃ弾き飛ばされる。集中、集中、集中っ！！！！

微かに――……ラカンの気闘術の揺らぎが視えた。

私は咄嗟に剣へ魔力を注ぎ込み、斜め袈裟斬りに変化させる。

ラカンが驚く。

「！　ぬぅぅぅぅ！！！！　甘いのであるぅぅぅ！！！！」

「っ⁉」

一番障壁の薄い箇所を狙ったにも拘わらず、私の全力攻撃はラカンに凌がれ、海面に吹き飛ばされてしまった。

水に濡れながら体勢を立て直すも――私は愛剣を海の中に突き刺し、荒い息を吐いた。

ラカンは自らの右拳を見つめ立っている。

全魔力を使っても通じないわけっ⁉

「はぁはぁはぁ…………あ」

「おっと。お疲れ様、レベッカ」

「……ハル」

倒れそうになったところをハルに受け止められ、私は胸に顔を埋めた。

……悔しい。悔しいっ。悔しいっ！

支援魔法と《時詠》をかけてもらったのに、歯が立たない。

ハルが私の背中をぽん、とし、楽しそうに確かめる。

「ラカン！　納得したかい？」

「……する他はあるまいな」

「――……え？」

顔を上げると、ラカンは右の裾を見せた。満面の笑み。

「見事なのであるっ！　剣士に裾を斬られたのは幾年ぶりか……くっくっくっ。師よ！

面白い者を見つけましたなっ‼」

「僕じゃないよ」「私が拾って餌付けした。……ラカン」

上空から静かな声。

巨大な魚を虚空に浮かべているエルミアが灰色猫へ極寒の視線を向けていた。

先程まで、勇壮だった【拳聖】が震え上がる。

「！　ななな、なんでございましょうか？　あ、姉弟子」

「私の家猫に不埒な真似をしたのは大罪。判決は即死刑。丁度楽器がなかった」

「だ、誰が家猫よっ！」「わ、吾輩、が、楽器にされるのであるかっ⁉」

姉弟子のあんまりな言い分に、私とラカンは叫ぶ。

尻尾を大きく振りながらスグリも戻って来た。

「お師匠〜式神に露天風呂を造らせ――あれ？　どうしたんすか⁇　あ〜！　兄貴っ‼　ま〜た、道着破ったんすかっ！」

「ス、スグリよ、い、今は、その……」

「言い訳無用っすっ！　あ、エルミア姉、レベッカ、後で一緒にお風呂入りたいっすっ！　いいっすか？　いいっすよねっ？　ねっ？」

「――ん」「え、あ、うん……」

「ありがとうっすっ！　えへへ♪　まともな妹弟子が出来て嬉しいっす☆　あれ？　お師匠、その子はもしかして？」

「……レ、レーベ」

いつの間にかレーベも人型に戻り、ハルの足下に抱き着きながらスグリに答えた。

さっきまで漂っていた緊迫感は何処へやら。こ、この姉弟子……凄いわね。

エルミアが砂浜に着地。ハルが手を叩いた。

「さて、それじゃ夕食の準備をしよう。エルミア、料理を手伝っておくれ。ラカン、スグリ、沢山話を聞かせておくれ」


**ルーミリア女王国西方国境【国崩し】橋本悪左衛門祐秀**

「先の戦の勝利に――乾杯っ！」

『乾杯っ！！！！』

荒涼とした夜の野営地に、愛すべき野郎共の喝采が響き渡り、杯が合わさる。

懐かしき故国の勇ましい軍歌を歌い続ける者。黙々と酒を飲み続ける者。賽子博打に興じ、ゲラゲラ笑う者。

勝ち戦の後のこの光景だけは、異国に来ても変わらねぇ。

俺は戦塵に汚れた髭をしごきながら、近場の連中に声をかける。

「手前等！　散々喰って呑んでいやがるかっ！」

「おうよっ！　統領っ‼」「旨い飯と酒がたんまりだっ！」「あんたについていきゃ、俺達の将来も安泰だぜ」「ちげえねぇ！」「秋津洲の連中も今頃、悔しがっているだろうぜっ」

底抜けの明るさ。

秋津洲皇国二大勢力【八幡】と【六波羅】の心胆を長年に亘り寒からしめた【国崩し】の衆は健在だ。

……そう、未だ健在だ。

俺は自分の腹を叩いた。

「次の戦で――女王国を滅ぼす！　そしたら、またいい思いをさせてやるっ！」

『応っ！』

一斉に歓声があがり、再びそこかしこで乾杯の音頭。

俺は兵達を慰労し、酒を杯に注ぎながら、軍の状況をその目で確認していく。

――士気に問題はねぇ。

糧食と水と酒、武器弾薬もあと一会戦なら耐えられる。問題は、

「御館様」

野営地外れの岩陰から、数十年の付き合いになる老副官の声がした。

野郎共と一緒にいる時よりも、声色がはっきりと冷たくなる。

「負傷者の戦線復帰は間に合わねぇか」

「……はっ。全力で治療に当たっておりますが、傷の治りが芳しくなく」

先日、俺はこの大陸の野蛮人共が『枯死の谷』と呼んでいる地で行われた乾坤一擲の決戦に……戦略的にも戦術的にも敗北。

度重なる挑発と、首府直撃の可能性を流布することで、病を押し戦場に出て来た敵総大将ルゼ・ルーミリア女王……死にかけの獣を討てず、逆に代えの利かない先手衆が半壊寸前まで追い込まれた。

そして、それだけでなく糞忌々しい【拳聖】と【東の魔女】に嵌められ、中備えまでも手酷い打撃を被っちまった。


故国のない俺達に、兵の補充はないにも拘わらずだっ！

この砂塵が鬱陶しい異国の地に流れ着いて七年。

俺の愛すべき郎党は戦う度に数を減らしている。一人でも多く助けねぇと……。

じゃなければ、早晩、俺達はこの砂の中に埋もれるだけの存在になっちまうだろう。

「……傷の治りが悪い理由については何か分かったか？」

「こちらを」

差し出された報告書に素早く目を通す。俺は顔を顰めた。

「………どういうことだ？」

俺は髭をしごいた。七年前よりも遥かに白いものが目立つ。

「【四剣四槍】が槍に毒を仕込んでいただと？」

あの英雄小娘は、良くも悪くも馬鹿正直だ。

追い詰められたとはいえ搦め手を使う……俄かには信じ難し。

同格の【十傑】とはいえ……ルゼ・ルーミリアは強い。

小手調べ、と思い真正面から戦った五年前の会戦での奴の姿は目に焼き付いている。

人の身でありながら、四本の魔剣と四条の魔槍を顕現、浮遊させ、軍を単独で切り裂く

その姿は――正しく戦神。

秋津洲史上最強の武人だった【天下無双】とも渡り合える、と思ってしまった程だ。

老副官が私見を述べる。

「毒というよりも、呪いに近いかと。使用していた魔槍由来の物なのかもしれません」

「呪い、ねぇ……釈然としねぇな…………」

情報を組み合わせていく。

……奴は毒も呪いも使うような女じゃねぇ。

だが、現実に俺の郎党達は戦傷に酷く苦しんでいる。

つまり、本人にすら自覚を与えず……呪詛が蝕んで？

奴にそんな真似が出来る可能性があり、この大陸に関係している指し手は……

「同盟と女神教、か」

「……祐秀様？」

老副官が心配そうに俺の名前を呼んだ。

痩せた肩を叩き、伝達する。

「心配すんな。席を外すぞ。引き続き治療を頼む——一人も死なせるな」

「……はっ」

「すまん。遅れた」

野営地から一人離れ、俺は視界の開けた荒野へとやって来た。

身を屈めた王冠を被っている巨大な黒骸骨から声。

〈……構わぬ〉

手の上に座り、杯を重ねていたのは長い銀髪の女。
漆黒の着物を身に纏うその姿は、他者に威圧感を与える。
――長く秋津洲皇国を震撼させてきた妖魔の女王【万鬼夜行】。
故国にいた際は時に敵。時に味方。時に利害関係者だった。
普段は前髪に隠れている左目の瞳が深紅に染まっている。多少訝しく思いながら聞く。
「あの男は来てねぇのか？」
〈……既に来ている〉
姐さんが前方を指差した。
俺も目線を向けると――古い杖を持つ一人の老人が立っていた。
ボロボロのフード付き黒外套を羽織っていて、表情は見えねぇ。
唯一分かるのは、胸から下げている錆びた女神教の印だけ。
ヤトと名乗り、俺と姐さんをこの地に送り込んだ張本人だ。
「【国崩し】、【万鬼夜行】」
底冷えのする老人の秋津洲語が耳朶を打った。
身体は自然と警戒態勢になり、腰の魔短銃に触れる。

「【四剣四槍】の寿命はもう尽きている。気力だけでは次の戦場に出て来られまい。その後の魔神大陸は、約束通り汝等の勝手にして良い。代わりに」

「……何度も言わせんじゃねぇよ、爺。お前が何を企んでいるのかは知らねぇが、約は果たす。橋本一族を舐めるな」

俺は言葉を遮り、油断ならねぇ老人を睨みつける。

姐さんが次々と巨大な黒骸骨達を召喚させながら、後に続く。

「【四剣四槍】は貴様が持っていけ。我は『忘却の瀑布』南部を貰えればそれで良い」

――『国を創りたくはないか？』

七年前。龍乃原の戦で負けた直後、ヤトは俺にそう声をかけてきた。

俺が賭けた【六波羅】は合戦に負け、【八幡】の世が来る。

そんな秋津洲に俺の居場所はない。

だからこそ……俺は一族郎党を引き連れ、この異国の地へやって来たのだ。

【国崩し】ではなく、【国興し】を今度こそ為すっ！

その夢に、もう少し……もう少しで手が届く。負けるわけにはいかねぇっ。

ヤトが杖で石を砕いた。

「……ならば良い。我等は帝国『勇者』を愚かな餓鬼共のせいで喪った。英雄を喪うわけにはいかぬのでな。兵站物資は新西府の港へ運び込ませた。好きに使え」

俺は内心で舌打ち。

大陸沿岸西部を征したとはいえ、水資源に恵まれている東部と異なり、その生産力はたかが知れている。

勝つ為には、ヤト経由で齎される……同盟の秘密物資が必要なのだ。

表向きはルーミリアを後援しながら、強大になり過ぎるのは認めない。

……何処の国でも、強者は弱者を搾取しやがる。俺は老人へ問う。

「忌々しい猫と魔女の行方は分かったのか？」

【拳聖】と【東の魔女】が、ルーミリア側についたとなると、戦略そのものの見直しが必要となる。ヤトは頭を振った。

「分からぬ。が、【拳聖】は強き者を求めていると聞く」

「……ちっ」

今度こそ大きく舌打ちしちまう。

戦場に出て来やがったら、俺と姐さんで相手をするしかねぇか。

老人が踵を返し、背を向けた。生気のない白髪が風に揺らめく。

「大なる戦果を期待する。油断はせぬことだ。窮鼠は時に猫を殺すぞ？」

「……無駄口だ」〈……去れ。不快な冷たき風を纏いし者よ〉
俺達の冷たい反応を老人は無視し──砂塵交じりの暴風が吹き荒れる。
手で防御すると、そこにヤトの姿はもうなかった。

**元『勇者』レギン・コールフィールド**

「【国崩し(くにくず)】は野営地へ戻り、【万鬼夜行】は黒骸骨を召喚し始め、奇妙な老人も消えたわ、ユグルト、ユマ」


荒野を見下ろす、名も無き丘の上。

執念すら感じさせる欺瞞(ぎまん)結界の中、遠眼鏡から怪物達の会合を観察していた私は、黒外套を羽織っている少年と少女──【全知(ぜんち)】の子を自称するユグルトとユマに報告した。

つい先日まで、帝国の『勇者』として義兄のクロードと一緒に戦い続けていたせいか、今の自分の奇妙な境遇に慣れない。

隣で同じく遠眼鏡を覗(のぞ)いている二人が応じてくれる。

「確認した」「ボクも見えたよっ！」

私は二人へ視線を向け、尋ねた。

「……ねぇ、本気なの？　本気で、【万鬼夜行】の左目の《魔神の欠片》を奪い、さっきの奇妙な老人を攫うつもり？」

「当然っ！」

ユマが元気よく立ち上がろうとし、私達に止められる。

「立たないでっ！」「この馬鹿がっ！」

荒野から私達がいる丘まで、十分な距離があるとはいえ……相手は世界最強たる【十傑】。用心は必要だ。

頭に二本の小さな角を持ち、色彩豊かな髪色をしている少女は不満気に頬を膨らますも、決意を伝えてきた。

「……そうでなきゃ、こんな所まで来ないよ。あの妖女の左目――間違いなく《魔神の欠片》だ。ボクが持っている欠片も反応しているし」

「そして、消えたあの奇妙な老人は女神教に関与している。貴様も、あの老人に引き渡される予定だったのだろう」

ユマの兄のユグルトが、淡々と所見を述べながら、使い魔達へ手で指示を出している。

この兄妹に助けられた脱出船で得た情報を思い出し、顔を歪ませた。

……まさか、近衛騎士団団長と帝国大魔法士が女神教と裏で繋がっていたなんて。

ユグルトがノートを取り出した。

「故国を追われた奴等は、女神教の依頼を請けた自由都市同盟の船舶によって兵站を維持している。しかも、同盟はルーミリア女王国にも物資を売っている。邪悪極まる」

「うんっ！　ボクもそう思うなっ‼　ユグルトも偶にはいいこというよね」

「……黙れ、愚妹」

約半月の間、この兄妹と行動を共にし分かったことがある。

この二人、言っていることは過激でも、邪悪な存在ではない。

でなければ……交渉材料扱いの元『勇者』を連れ出そうとなんかしないだろう。

世界最強国家である帝国を敵に回す行為なのだから。

ただ……二人共、圧倒的に修羅場の経験が足りていない。事実を告げる。

「あの老人は分からないけど……【国崩し】と【万鬼夜行】を倒すのは無理よ？」

相手は二人の【十傑】。配下には千以上の魔銃兵と、無数の黒骸骨達。

命が幾つあっても足りない。

「そんなことっ！」「……そうだな」

ユマが頬を赤らめ、ユグルトは首肯した。

「愚兄⁉」

「しかし、どのような強者であっても隙はある。我等に与えられし任は《魔神の欠片》の奪取。脱出船襲撃以来、帝都の長兄からは帰還命令がしつこく届いているが……この機は逃せぬ。貴様に協力してもらうぞ、レギン・コールフィールド」

青年が断固たる決意を私へ示した。

ユマは目をパチクリさせ「……さ、最初から言えよぉ……」ともじもじ。

……隙。

そんなものが、【十傑】に本当にあるんだろうか？

皇宮で交戦し、一蹴された同格の【星落】を思い出す。

だけど……この二人は私を救ってくれたのだ。ユグルトと目を合わせ、頷く。

「……分かったわ。指示は私が出すわよ？」

「ああ、構わん」

青年は鷹揚に同意した。この人達の父親は良い人だったのだろう。

ぼんやりとそんなことを思っていると、ユマがむくれた。

「む～！　レギン！　ユグルト！　二人で分かり合うなっ！　ボ、ボクも交ぜろっ‼」

「ふふふ♪」「……馬鹿が」

この少女の明るさと、青年の妹への温かい視線にどれだけ救われたことか！

……義兄さん、私は大丈夫です。

必ず、必ず戻ります。だから――待っていてくださいね？

目を閉じ、私は帝都にいるだろう世界で一番優しい義兄を想った。

＊

「レベッカ、兄弟子の勇姿！　よく見ておくのであるっ！」

「はいはい。……体力あり過ぎよ……」

ラカンが無駄に叫び、前方の砂浜に立つエルミアへ拳を突きつけるのに対し、汗を拭いながら一休憩している私は応じた。

昨晩、ハルやスグリのお陰で野営とは思えない程、快適に過ごせた。

エルミアとスグリに抱き枕代わりにされたのは、必要経費と割り切るしかないわね。

今は何時も通り、早朝の訓練中だ。

朝食作りを手伝うつもりだったのだけれど……。

『レベッカ、僕はスグリと朝食を作るから、君はラカンとエルミアの訓練に交ざっておいで。たくさん学べると思うからね』

ハルにそう言われてしまえば、選択肢などない。その通りだし。

波が寄せ、砕けた——次の瞬間、

「喰らうのであるっ！」

ラカンの姿が消えた。

踏み込みの衝撃音が遅れて海岸全体に響き渡り、驚いた海鳥達が朝日の中を一斉に飛んでいく。

黒の道着を着た、恐るべき灰色猫がエルミアへ右正拳突き！

——けたたましい、金属音と砂塵が巻き起こる。

ラカンの拳は姉弟子の短剣によって止められていた。

「——甘い。てぃ」

「⁉　むむぅっ！」

無造作にエルミアがラカンを弾き飛ばすと、灰色猫は空中で自らを姿勢制御。

前方の砂岩に着地した。獣耳と尻尾を震わせる。

「さ、流石なのであるっ！　我が拳を容易く止めるとは……だが、今のは小手調べっ！

次は本気なのであるっ‼」

　エルミアは白髪を手で触れ、目を細めた。

　虚空から魔銃を取り出しながら、私へ命令してくる。

「朝から五月蠅い猫。レベッカ、とっとと殺れ」

「単語が可笑しくない？　まぁ——やるけどねっ！」

「ぬっ！」

　二人から少し離れた場所にいた私は愛剣を抜き放ち、雷を纏い急加速。

　圧倒的に格上な兄弟子へ、魔法剣を振り下ろした。

「とうっ！」

　ラカンは真横に跳び回避。

　地面を蹴って私へ反撃しようとし——急速後退した。

　私が愛剣を横薙ぎにし、まるで枝のように広がる白い雷を放ったからだ。

　砂浜を疾走しながら、ラカンが器用に腕組み。

「【雷神化】と魔法剣の形態変化——師の得意技での横槍とはっ！　うむうむ。新しき世代も育ってきて、吾輩、つい胸が高鳴ってしまうので」

「戯言は聞き飽きた」

「「っ⁉」」

最後まで語らせず、エルミアが短剣を装着した魔銃を無造作に払う。

射線上にいた私とラカンは本能的に全力回避。

半瞬の後――光輝く半弧の斬撃が砦跡の石壁を半ば綺麗に切断。

砂丘すらも切り裂き、海面を大きな水柱が走っていくのが見えた。

私は声を震わせながら、白髪似非メイドへ抗議する。

「エ、エルミアっ！　危ないでしょう⁉」

「ふ……何時から、私が味方だと錯覚していた？」

「なっ⁉　こ、この、似非メイドぉぉぉ」

これ見よがしに黒いリボンを着けた白髪を掻き上げた姉弟子へ呪詛の呻きを叩きつけるも、効果無し。くっ！

獣耳と尻尾を大きくしながら、砂岩の上に立っているラカンが、私の愛剣をちらり。

笑みを深くし、エルミアを論評した。

「あ、危うく彼岸が見えたのであるっ‼　……姐御！　その雷龍の短剣、レベッカとお揃いであるな？　わざわざ師に作製してもらうとは――っっっ！」

灰色猫の真横を光閃が通り過ぎ、砂岩を消失させた。

は、反応出来なかったし、み、見えなかった。

……あ、蒼褪める猫って、初めて見たわね。

エルミアは魔銃をラカンへ向けながら、不機嫌そうに呟いた。

「……馬鹿猫、口は禍の元と教えた。レベッカ？」

「な、何も聞いてないわ。ほ、本当よ？」

私は必死に両手を振り否定する。この件を茶化したら命が幾つあっても足りない。

でも……エルミア、私とお揃いにしたかったんだ。ふ～ん。

「……レベッカ、変な顔」

「そう？　そうかもね☆」

「……やっぱり、二匹共、折檻が」

「皆さん、朝食が出来たっすよ～。お師匠と私の美味しい朝食ですよ～♪」

白のエプロンをつけ頭に白布を巻いた狐族の少女――スグリが呼びかけてきた。

「「……………」」

私達は顔を見合わせ、戦闘態勢を解除。そそくさと移動を開始。

砂浜を進んで行くと、南国の樹木と樹木の間に天幕が張られている。

――焼きたてのパンとスープ、そして肉と魚の焼けるいい匂い。

土魔法で作った簡易キッチンで調理をしている、エプロン姿のハルが振り返った。レーベはまだおねむのようだ。

「エルミア、ラカン、レベッカ、まずは手を洗ってこよう。スグリ、ありがとう」

「ん」「分かったのであるっ！」「うん！」「いえいえ～っす♪」

私達は素直に、スグリが式神で整備してくれた水場で手を洗い、それぞれの椅子へと腰かけた。木製テーブルの上に朝食の皿が並んでいく。

私とエルミア、ラカンはそわそわ。

「……三人共、子供みたいっすねぇ」

スグリの苦笑は無視。だって、訓練でお腹減ったたし。

ハルが金属製のポットを炎の魔石にかけながら、声をかけてきた。

「先に食べていていいよ」

「ん」「うん！」「腹が減ったのであるっ！」「兄貴、この魚、私が焼きました！」

一気に騒がしくなり、テーブル上はたちまち戦場と化す。

「あ！　それ、私のパンよ、エルミア！」「残念。パンに名前は書いていない。馬鹿猫、急いで食べるな」「美味い、美味過ぎるのであるっ！　スグリは良い嫁になれるのであるっ！」「そ、そんなこと、ないっすよぉ」。混沌としているけれど……楽しい。

香辛料が利いていて、癖になる味のスープにパンを浸して食べていると、ハルの左肩に小鳥が舞い降りた。一晩経ち、答えを出したのだろう。

私はエプロンを畳んでいる青年に聞いた。

「ハル、ルビーは何て言って来たの？」

小鳥を再び空へ放ち、育成者さんは私達へ向き直る。

「女王陛下が面会してくれるそうだよ。後で会いに行こう。ただし――」

ハルの視線がエルミア達を見た。

そこにあるのは深い思慮。

「行くのは僕とレベッカだけだ」

「……ハル」「むむっ！　同意しかねるのであるっ！」「……え、えーっと」

エルミアとラカンの表情が曇り、スグリは戸惑う。

ルーミリア女王国は『私達の味方』というわけではない。

みんなで一緒に行動した方が状況に対応し易いと思うのだけれど……。

私達のお師匠様が左手を振った。

「エルミアとラカンは、【国崩し】達を探ってほしい。彼等は再侵攻を目論んでいる。戦う理由はないけれど……《魔神の欠片》を持つ【万鬼夜行】とは話さないといけない。スグリは二人のお目付け役。レベッカはエルミア達と一緒にいると、危ないことをしそうだから、僕と一緒だ」

「！　ハルぅ？」

頬を膨らまし、青年を睨みつけるも効果無し。も、もうっ！

対して、エルミア達は互いに顔を合わせ、それぞれ頷いた。

「……ん」「分かったのであるっ！」「ひぇ……じ、自信ないんすけど……」

「よろしく頼むよ」

ハルが微笑み、道具袋から茶葉や珈琲豆の入った小瓶を取り出した。

「さ、食後はお茶と珈琲を淹れてあげよう。甘い物もつけてね」

*

「ハルさん！　レベッカさん！」

「やぁ、ルビー」「へぇ、見違えたわね」

宮殿の入り口で私達を待っていてくれたのはルビーだった。

髪と身体を洗い、ゆったりとした布を巻きつけるような民族衣装に着替えたせいか、気品すら感じさせる。昨日の砂と血汚れた軍装とは大違いだ。

褐色肌が映える美少女は小さく舌を出した。

「動き辛くて嫌いなんですけど、皆が駄目だって言うので……案内しますね」

「お願いするよ」「ええ」

ルビーに案内されて、宮殿内を進んでいく。

昨日よりも兵士の数が増え、内部のそこかしこに陣地の構築が開始されている。

「昨晩、何処に泊まられたんですか？　気にかけられなくて……すみませんでした」

「大丈夫だよ」「郊外の砦で野営したわ。南国って星が綺麗なのね」

他愛ない会話をしていると、天井が高くて、広い謁見の間に辿り着いた。

そこにいたのはベリトと十数名の近衛女性兵達。全員完全武装している。

ルビーは近衛兵達へ「誰も入れないように」と告げ、そのまま先へ。

謁見の間の奥に張られた厚いベールを潜り抜ける。廊下を進むと扉が見えてきた。

ルビーがその前で立ち止まり、静かに声をかける。

「ルゼ姉様。ハルさん達をお連れしました」

「……ああ、入れ」

疲れ切っているものの、強い意志を感じさせる女性の声がした。

ルビーに目線で促され、中へ。

まず目に入って来たのは、大きな天蓋付きのベッド。脇の椅子には無骨な槍が立てかけてあるが——一本だけだ。

白服を身に纏い、痛々しい程に痩せている長い黒茶髪の美女が鋭い眼光を浴びせてきた。

「——黒髪に眼鏡。魔法士風の格好。噂の特階位冒険者【雷姫】を従えている。貴殿が噂の【育成者】か。ルゼ・ルーミリアだ。ルビー、身体を起こしてくれ」

「は、はい」

！　この人、ハルを知っているの？

私が驚愕している中、病んだ女王は妹に抱えられ上半身を起こし、謝罪してきた。

「昨日はすまなかった。何しろ……死にかけていてな。妹を助けてくれたこと、心より礼を言う。鎮痛薬も感謝する。ただ、私には時間が残っていない。手短に話すとしよう」

そう言うと、女王は鷹のように目を細め、ハルを見た。

——そこにあるのは強い警戒。

「して？　何を望む？　我が国は現在、侵略者共と大きな戦をしておる、金は大して払えぬし、便宜を図ってやりたくても、何処まで実行出来るかは分からぬ。……まぁ」

ふっ、と表情を崩し、挑むような口調に変わった。

「貴殿の目的は別にあるのだろう――【黒き旅人】殿？」

ハルの瞳が大きくなり、驚く。

……この異名、初めて聞くわね。

「僕を知っているのかな？」

「こう見えて、文学少女だったのだ。文献や古書を読むのは趣味でな。アビラーヤの大図書館も『大崩壊』で被害を受けたが……双神大陸程ではない」

「……なるほどね」

私は小声で、聞き慣れぬ単語について尋ねる。

「(……ハル、双神大陸って？)」

「(普段、僕達がいる大陸の古名だよ。【女神】と【龍神】を表している)」

ハルが私から離れ、女王の黒くて大きな瞳を真っすぐ見つめた。

「この国の何処かで女神教が帝国の叛徒達と取引を目論んでいるようでね。積み荷は帝国の『勇者』。僕達は彼女を取り返しに来たんだ」

「……女神教だと？　あの邪教を信ずる連中が、私の国で舐めた真似をっ、うっ」

「ルゼ姉様……」

興奮した様子の女王が顔を歪め、豊かな胸を枕元の短剣で押さえつけた。

額には脂汗が浮かび、気味の悪い漆黒の魔力が飛び散り始める。

ルビーは心配そうに覗き込み、額を布で拭い、ハルはベッドへ近寄った。

「ちょっと、ごめんよ」

女王へ手を翳し、黒髪眼鏡の青年は私の知らない魔法を発動。

漆黒の魔力が消えていき、呼吸も安定していく。浄化魔法のようだ。

ルビーは驚嘆しているが、ハルは厳しい顔。

女王が荒く息をしながら、顔を上げ儚げに微笑んだ。

「……ふぅ、ふぅ、ふぅ……すまぬ。かなり楽になった」

「ルゼ姉様……」

想像以上に体調は悪いようだ。

けれど、それを誰よりも理解しているだろう死にかけの英雄は、絶望的な病状であっても、光を失っていない瞳で、ハルへ問うた。

「どうだ？　育成者殿。私の容態……どう見る？　世辞は良い。聞き飽きた」

浄化魔法の光が止まり、青年は手を戻した。

眼鏡の位置を直し、淡々と診断。

「今のままなら、持って半月かな」

「っ！」

「……そうだろうな」「けど」

ルビーがますます涙を溢れさせる中、ハルと女王の声が重なった。

「手がないわけじゃない。君、あ～……女王陛下」

「……ルゼで良い。特別だぞ。感謝せよ、ぐっ」

女王が不敵にハルへ告げながら顔を歪める。黒髪眼鏡の青年が目礼。

ハルは再び浄化魔法を発動しながら、伝えた。

「ルゼ、君は病気じゃない。それは呪いだ。しかも――【女神】の力を疑似的に発現させる、禁薬『狂神薬』を応用したね。既に最終段階まで進んでいる。如何なる治療薬、魔法もまず効かないだろう。この数年、常用している薬はないかい？」

「………………【女神】の呪い、だと？」

ルゼが訝し気に尋ね返し――思いっきり、脇机の上を手で払った。

水入れやグラス、紙に包まれた薬がぶちまけられる。

「飲んでいた……『傷の治りを早めて、痛みを散らせる』と同盟の使者から献上された物を……くそっ！！！！！　謀られたかっ‼　よりにもよって、【女神】の薬でっ‼」

血の気を失った顔になったルビーが身体を震わせる中、ハルは床の薬に触れた。

虚空から小瓶が出て来て、中へ納まる、ハルの独白。

「大半は効果のある本物。だが、呪いを巧妙に紛らわせている。毒見役が確認しても、最初に呪いを受けた者にしか発現しないよう調整して。式からして古い女神教か？　【全知】？　いや、違う。彼ならもっと巧くやる。なら、これは──……」

私の師は黙り込み険しい顔になった。

暫くの沈黙の後──ルビーに支えられているルゼへ向き直る。

「君に提案をしたい。酷く分が悪い話だ。賭けに近い。それでも聞くかい」

「……無論だ。どうせ、このままだと死ぬる。ならば──賭ける。死んだとしても、貴様が多少は罪悪感を持って、【拳聖】くらいは貸してくれるだろう？」

あっさりとルゼは返答した。

冷静に可能性を見極め、最悪の事態における最善手を打つことを躊躇わない。

これが英雄【四剣四槍】！

ハルは驚き──ふっと微笑みを零す。

そして、胸元から鎖を取り出し話し始めた。

「そんな……そ、そんなこと、出来る筈ありませんっ‼」

ルビーが悲鳴をあげ、何度も首を振った。そうなるのも無理はない。

当事者であるルゼも蒼褪め、黙考している。

確かに、【女神】に対抗するのは、その方法しかないのかもしれない。

でも、失敗したら……眼鏡を外し、ハルが淡々と提案を繰り返した。

「——僕の持つ《魔神の欠片》の半片を君の心臓に埋め込み、【女神】の力と相殺させる。成功すれば君は生き延び、人外の力を得るだろう。ただし……さっきも言った通り、分が悪い賭けだ。成功する保証はない」

黙り込んでいたルゼが静かに口を開いた。

「……返答期限は」

ハルが窓の外へと目線を向ける。

風が吹き、珍しい南方植物の葉が揺れた。

「【国崩し】達の侵攻も近いだろうし……陽が落ちるまで、でどうだい？　それまで、僕はレベッカと都を探訪しているよ」

＊

白壁に囲われているアビラーヤの街並みは、帝都に比べて何処か雑然としていた。

まるで、零れた水が不定形に広がっていっているよう。

道路も帝国の都市と異なり舗装されておらず、物資を運ぶ荷馬車が通る度、乾いた砂を巻き上げている。

この国は建国を果たして、まだ十年も経っていないのだ。

大通りを行き交う人種は褐色肌の南方人が過半を占め、獣人の姿も見える。戦時下ではあっても商売自体は活発のようだ。二年前、辺境都市の獣人街で会った栗鼠族の乾物屋さんも、ハルの仕入れに応える為、来たことがあるのかしら？

強烈な日差しを避ける為、通りのそこかしこに植えられている樹木の陰に入り、ぼんやりと通りを眺めていると、粗雑な紙の小袋に入った干した果実が差し出された。

砂糖で炒めてあるようで、甘い匂いが漂う。

「お待たせ、レベッカ」

露店に伝統菓子を買いに行っていた黒髪眼鏡の青年が帰って来た。

私は嬉しくなってしまい、答える。

「おかえりなさい、お土産？」

「伝統菓子なんだってさ。ああ、これも」

ハルが道具袋の中から小さな水筒を取り出し渡してくる。

「冷たい果実水だよ」

「ありがと♪」

お礼を言い、菓子を口に放り込む。強烈な甘さ。けれど――それが癖になる。

果実水をあおり、樹木に背を預けながら感想を述べる。

「南方大陸って、砂漠ばっかりだと思っていたんだけど……緑も多いのね」

「地下水源だよ。東部は情勢が安定すれば発展していくんじゃないかな。行こうか」

「うん」

ハルが道具袋から日傘を取り出し広げ、静かに歩き出した。

私は水筒を首にかけ、遅れず――隣に進み、

「えいっ！」

「おっと」

「はぐれたら困るでしょう？」

早口で言い訳をしながら、ハルの左腕に抱き着く。

だ、だって、暑いし？

日傘からは、冷気が出ていて涼しいし？

だから――これはいいのだっ！

……えへへ♪

上機嫌になりながら菓子を摘まみつつ、私達は歩いて行く。

大通りを曲がり狭い小路へ。左右の家に人気がない。空き家なのだろうか？

ハルが日傘を魔法で浮かし、眼鏡を直した。

淡々と所見を零す。

「【国崩し】が流れて来なければ、ルゼは大陸を統一していたかもしれない。あの子の潜在的な才――アキに匹敵している。性格も少しだけ似ているよ。だから……手遅れかもしれないけれど、お節介を焼いてみたくなってしまった。はは、サクラやメルには怒られてしまうだろうね」

「！　伝説の【勇者】並みって……」

帝国迷宮都市ラビリヤで、私達は黒外套が顕現させた【勇者】の影と対峙した。

が……特階位冒険者である私と【不倒】タチアナ・ウェインライトは、ハルと影との対決の間に割って入ることすら出来なかった。

そんな存在と互角？

「………」

果実水をあおり、心を落ち着かせる。

私はハルの口へ菓子を差し出して食べさせた。

「………ルゼの容態はそんなに悪いの？」

「生きているのが不思議なくらいさ。呪いをかけた側も戦慄していると思うよ。彼女が、南方大陸沿岸部を統一し、国家機構を整備。彼女自身も全盛期を迎えたならば、距離的に近い同盟に【四剣四槍】を止める術はなかったのだろう。……秋津洲の件に関わったのは、失敗だったかもしれないなぁ。本当に、僕は何時まで経っても学ばない」

「………ハル」

眼鏡をかけ直し、ハルが蒼く広がる空を見上げた。

嗚呼……今、私の育成者さんは、自分の決断を、七年前、秋津洲皇国の戦いに介入したことを悔いている。

一人の才溢れる英雄の未来を、結果的に歪めてしまったかもしれない、と心を痛め、無理をしてでも救おうとしている。

――決して、決して、そんなことはないのにっ！

私はぎゅーっと、腕を強く強く抱き締める。

ハルに、私の世界で一人しかいない育成者さんに想いが伝わるように。

眼鏡をかけ直し、青年は独白した。

「ルゼは強過ぎて、そして、余りにも眩かったのだろう。人は往々にして、自分で脅威を大きくしてしまう生き物だ」

「……じゃあ、同盟が将来の禍根と判断して、女神教と組んで呪いの薬を……？」

「彼等からすれば、南方は混沌としていてくれた方が良いのさ。【国崩し】にも物資を供給している。沿岸西部は東部程、水資源もないしね。……僕はそれにどうこう言うつもりはないよ。彼等だって、生きていかなくちゃならない。でも――」

私は腕を離し、ハルの前へ回り込んだ。

「『剣を抜いた以上、剣に倒れる覚悟をするべき』――でしょう？」

黒髪眼鏡の青年は目を瞬かせた。

そして、手品のように麦藁帽子を取り出し、私の頭に被せてくる。

「わっ！　な、何するのよ」

「これだから育成者はやめられない、と思ってさ——……ありがとう、レベッカ」

「……別に、いいわよ」

頬が熱い。胸の奥に多幸感が広がっていく。

私だって、ハルの役に立てるのだ。

二年前、何にも出来なかった私が、今の私を見たら信じられないでしょうね。

小路は終わり、私達は人気のまったくない庭に入り込んでいた。

アビラーヤの街並みは、大通りを覗くと『境』の概念が希薄だ。

水源になっている小川の周辺に、見たことのない可憐な花々が咲き誇っている。

ハルが右手を振り、結界を張り巡らせた。

「さて——エルミアとラカンもいないし、出ておいで、アザミ」

「え？　アザミって……」

「——はい。主様」

花嵐が巻き起こり、私達の前に黒髪の少女が現れた。

淡い翡翠色の民族衣装を着ながら、花畑の中とはいえ、地べたに正座している。

私が反応出来ずにいると、少女はハルだけを見つめ、深々と頭を下げた。

「御久しぶりでございます。御目にかかるこの時を、一日万秋の想いで身を焦がしておりました。……未だあの老女から《魔神の欠片》を奪えぬ、不甲斐なき私めにどうか、どうか罰をお与えくださいまし」

「え、えーっと……ね？」

「……ハル？」

困惑している青年へジト目。アザミという少女の年齢は、どう見ても私よりも若い。

そんな子を傅かせているわけっ⁉

ハルが頬を掻く。

「う～ん……何と、説明すれば分かり易いかな？」

「――主様、どうか、どうか、この端女に罰を」

文言を繰り返す少女の言葉に私は目を細め、青年を睨む。

――その時だった。

微かに魔力の気配と私への濃厚な殺気が感じられ、周囲で何かが蠢く。

これって……愛剣の柄に手をかけると、ハルに制される。

そのまま青年は頭を下げ続けている少女の傍で、片膝をついた。

「困った子だ。顔をお上げ」

「——……はい」

長い黒髪の少女は、濃い情念を隠そうともしないまま顔を上げた。

頬が上気し、心底嬉しそうな微笑み。

ちょっと犬っぽい……タチアナを思い出すわ。

ハルが振り返り、紹介してくれる。

「レベッカ、アザミだよ。サクラと同じ時期に僕の下にいたんだ」

花畑全体の空気がざわついた。やっぱり、地中から囲まれているわね。

——高い鈴の音。

アザミは不快そうに吐き捨てる。

「…………あのような野蛮な女の名を口にされては、主様の口が汚れてしまいます」

「アザミ、静かにしていよう」

「……仰せのままに」

そう言うとアザミは黙り込んだ。私を品定めするかのような微笑が怖い。

私は警戒を怠らないまま、質問する。

「……姉弟子、になるのね？」

「うん、そうだね。アザミは僕の旧友の忘れ形見で――」

小鳥が舞い降り、ハルの肩に留まった。脚に書簡が巻き付いている。

外して目を走らす。

「ハル？」

「ルゼが治療を決断したそうだよ。アザミ、手伝ってくれるかい？」

「！　‼　‼‼」

アザミが頰を上気させ、何度も頷く。

どうして喋らない……あ。

「……ハル」

「アザミ」

黒髪の少女は居住まいを正し、再度深々と頭を下げた。

「――……私の魔力、私の髪の一本、私の血の一滴、全ては主様の物でございます。どうぞ、容赦なくお使い潰しくださいまし」

「……ハルぅ？」

「頑として、直してくれなくてね」

どうしたらここまでの——……ああ、でも、エルミアも似たようなこと言いそうね。

耳元で、小さく話しかけられた気がした。

『はい、その通りでございます。貴女様は多少、分かっておいでのようですね……主様と腕を組まれたのは大罪ですが』

「っ！？！！」

周囲を見回すも、少女は頭を下げ続けている。い、今のって……。

動揺していると、ハルが命じた。

「アザミ、お立ち」

「——はい」

背が低い。腰の短刀の柄には小さな鈴がついている。

立ち上がった少女の汚れた膝部分を、ハルが無言で優しくはたく。

淡々としていたアザミの口調が激しく乱れた。

「！　あ、主様……？　お、御手が汚れ…………あぅ…………」

青年も立ち上がり、今度は両手を手に取り水魔法で土を洗い流していく。

アザミは頬どころか首筋まで真っ赤にし、今にも倒れそうだ。

大きな瞳を瞬かせ、私へ合図を送って来た。エルミアが考案したものだ。

『お、お助けください。今すぐ、可能な限り、迅速にっ！』

『……助けたら、恨むでしょう？』

『勿論(もちろん)でございます。何故(なぜ)、そのような当たり前のことを？』

『……あんた、いい性格しているわ』

教え子の中ではエルミアにだけ従う、というのが分かるわ。

ハルはアザミの両手を洗い終え、今度は布を取り出し丁寧に拭いていく。

「あ、ある、主さまぁ…………わ、私、も、もう………」

黒髪の少女の限界に構わず、私のお師匠様は朗らかに告げた。

「さて、それじゃ戻ろうか、宮殿へ」

*

「姉様、ハルさんがお戻りになりました」

「……通せ」

　宮殿に戻った私達は、ルビーに案内されてルゼの部屋へ通された。表情は酷く暗い。ベッドで上半身を起こしていた英雄は、ハルの後方に控えるアザミを見やるも、何も言わなかった。

「ルビー、お前も下がれ。全てが終わるまで誰も通すな」

「……姉様」

「もう決めたのだ。私はこの男に、【六英雄】すらも導いたという、旅人に賭ける。万が一の時は、お前が女王だ」

「…………はいっ」

　嗚咽を必死に堪えながらルビーは頷き、ハルに向かって深々と頭を下げた。

「……ハルさん、姉様を…………どうか、どうかっ…………」

「僕が出来る最善を尽くすと、亡き友の名誉に懸けて誓うよ」

　ルビーは泣き腫らした顔を上げ、退室していった。

　静音魔法を発動させ、青年がルゼへやや厳しい視線を向ける。

「さて……処置をする前に、一つだけ確認しておきたい。ルゼ、君は帝国、王国、同盟と本当に増援の交渉が出来ると思っていたのかな？」

「…………ふっ。まさか。幾ら私が田舎者でも、そこまで愚かではない」

悪戯がバレた子供の顔になり、英雄は肩を竦めた。口を挟む。

「それじゃ、やっぱり……妹さん達だけでも逃がそうとしていたの？」

「妹達は未熟。戦場では足手纏いになる、と考えただけだ」

「そういう回りくどい愛情は余り好きじゃないな。『人はもっと素直であるべきよ。まして、それが近しい人相手なら尚更』。昔、僕もよく怒られたものだよ」

ハルの言葉を聞いて、ルゼが小さく名前を零した。

「六英雄筆頭【勇者】アキナシ・アキの言葉か」

「……よく知ってるね。やっぱり、今時の女の子にしては珍しい」

「単に憧れていただけだ。……私も彼女のようになりたかった」

南方大陸という鄙の地に生まれた悲哀。強大な侵略者との死闘。そして……呪詛。

それらを噛み締めながら、ルゼは小さく零した。

ハルが人差し指を立てる。

「もう一つだけ聞いておきたい。君は——本当にこれからも生きたいのかな？」

「……何を言いたい？」

女王の片眉が上がり、声に怒気が混じった。

左手を振り、ハルが室内に数え切れない結界を張り巡らせていく。

「世界最強たる【十傑】の一角【四剣四槍】にして、ルーミリア女王国を治める若き英雄女王ルゼ・ルーミリア──けど、君はその立場に飽き飽きしていたんじゃないのかな？」

「…………」

ルゼは何も答えない。

「君にかけられている呪いは強力だ。並の者ならとっくに死んでいる。……けどね？」

真摯な、そして絶対の自信を持って、ハルがルゼを言葉で打ち据える。

「【勇者】春夏冬秋に匹敵する才を持つ者を殺すには、まるで足りないんだよ。君が死にかけているのは、肉体的苦痛じゃない。むしろ、心が弱まった隙を──」

ルゼが枕元に置いてある自裁用の短剣を放り投げてきた。

「ハル！」

全力で【雷神化】し、青年の前へ回り込みつつ抜剣。

アザミが瞬間展開させた数十の魔法障壁が紙のように貫通される。

勢いの減じた短剣を辛うじて弾くと、粉々に砕け散った。ルゼの込めた魔力に耐え切れなかったのだ。

これが……これが【四剣四槍】！

もう死にかけているのに、短剣でこの威力を出すなんて。

後方から強大な――そう、帝都で覚えた【星落】と同質の魔力が蠢いた。

「……貴女、今、主様を害そうと為さいましたね？」

「それがどうかしたか？」

「ああ、もういいです。殺すだけなので。レベッカさん？」

「……いい気持ちはしないわね」

私も紡いでおいた超級魔法を魔剣の切っ先に展開し始める。

すると、狙われた当のハルが私達を制した。

「二人共、大丈夫だよ。……図星を突かれたからって、乱暴するのはよくないな」

ルゼの整った顔だちが歪み、ぽろぽろと涙を零し始めた。子供のように駄々をこねる。

「五月蠅いっ！　……所詮、私は馬鹿なのだ。剣と槍を振るうしか能がないのに、幼くして国を任され、以来十年、戦場を駆けてきた。結果、国は栄えたが……私は満たされなかった。私は……私はただ、強くなりたかっただけなのに……。挙句、体調を崩し、まともに戦えないまま、極東からやって来た下衆な男との戦争が激化。多くの兵が倒れ、今やこの様。万全に戻れない以上、私が目指した武の極致には、【勇者】には届き得ず、かつ私が死ねば……この国も亡ぶだろう。ならば、先に死ぬしかない」

光を放ち――ハルの左手にレーベが出現した。

断固たる口調で否定する。

「違うね。人はたとえ、それが一見絶望的な路であっても、可能性があるならば足掻くべきだ。そういう無理無茶を通す人間がいたからこそ、人の世はここまで続いてきた。君は臆病者じゃないだろう？【四剣四槍】。死ぬ為の措置として、僕の提案を承諾したのならこの話は無しだ。けど、生きる為ならば――」

普段通り穏やかにハルが微笑むと、魔杖の七宝珠が瞬き始めた。

「僕は全力で君を助けよう」

「…………」

ルゼは青年の言葉を受け、沈黙。

暫く俯き――子供のような口調で吐き出した。

「…………なら、どうにかしろ！」

「そうしよう。取りあえず――服を脱いでおくれ」

「……はっ？」「へっ？」

私とルゼの間の抜けた声が重なった。

見る見る内に真っ赤になった英雄様が、自分の痩せた身体を抱き締め取り乱す。

「…………な、ななな何を言っているのだ、貴様はっ!?」

ハルはレーベを振り次々と未知の魔法を展開し、楽しそうにくすり。

「ごめんごめん。こういうことに耐性がなさそうだからつい、ね」

「……ハル？」「……身体が治ったら、真っ先に貴様の首を落としてやる……」

私とルゼは黒髪眼鏡の青年を凍ってしまえっ！　と言わんばかりに睨みつける。

ハルが魔杖の石突きで床を突いた。魔法陣がルゼのベッドを覆うように、重なっていく。

「それは怖い。だけど必要行為なんだよ」

そう言って、ハルは胸元から鎖を取り出し――《魔神の欠片》を見せた。

一切の光を拒絶している漆黒の宝玉が、妖し気に魔力を放つ。

「ルゼ……今から、君の心臓にこの半片を埋め込み、【女神】由来の呪詛を打ち消す。解呪に成功すれば、後は自力で回復出来るだろう。勿論、体調が戻り次第、欠片は回収しないといけない。正確な心臓の位置を知っておきたいんだ。背中を向けておくれ」

「…………分かった。だ、だが、い、いいか？　ぜ、絶対、このことは秘密だぞ？　わ、私は、まだ嫁入り前なのだ。ほ、本来、私の肌に触れていいのは、将来の、お、夫になる者だけなのだからな！」

ルゼが普通の女の子みたいな台詞を言い放ち、おずおずと服を脱ぎ始めた。

痩せている。でも――

「凄く綺麗」

「っ！　ら、【雷姫】。あ、あまり私をからかうなっ！　……そこの布を取ってくれ」

「ええ」

私は椅子の上にあった白布をルゼへ手渡す。胸に巻くのだろう。

英雄様は容姿については褒められ慣れていないようだ。偉くなるのも考え物ね。

控えていた黒髪の少女が、静々と声を発した。

「――主様、一つ愚案がございます」

「何だい？」

「どうかこれもお使い下さいまし」

アザミが差し出した左手に載っていたのは小さな黒翠の宝珠だった。

込められている魔力が尋常じゃない。

ハルが目を細めた。

「……【白夜道程】かい？」

「はい。老女より奪い取りました。魔法制御補助に関しましてはかなりの物でございます。

主様を害そうとした大罪人に」

「アザミ」

「……失礼致しました。この宝珠も合わせて用いるのは如何でしょう？　仮にも【龍神】が下賜したという宝珠。多少の有効性はあると愚考致します」

「確かに、ね………」

アザミの提案を受け、ハルが黙考する。

少女は一見無表情。けど……喜んでるわね。

エルミアとの付き合いが長いせいか、ある程度ならばこの姉弟子の表情も読める。

布を巻き終えたルゼが荒々しく意見を述べた。

「いいではないかっ！　一つだろうが、二つだろうが、大して変わらぬっ！」

「……ルゼ」

覚悟を決め、自信満々な様子の英雄様がハルを揶揄し、腕を組んだ。

胸の辺りに痛々しい痕が走っている。

「ふんっ！　どうせ、私への負担が増すことを懸念しているのだろう？　問題はないっ！

私を誰だと思っているのだ？」

「………はぁ、これだから英雄という連中は」

「ひゃん！」

ハルが嘆息しつつ、ルゼの背中に回り心臓部分に触れた。

英雄様は悲鳴をあげ、恨めし気。頬がほんのりと赤い。

「……さ、触る時は、触る、と言えっ！　お、男に触られたのは…………その……は、初めてだったのだぞ……？」

「あ、それは悪かった――」

「はい！　そこまでっ！」「……主様、御戯れが過ぎます」

私とアザミは結束し、ハルをルゼから引き離した。気持ちは通じ合っている。

これ以上の恋敵は必要ないっ！！！！

ハルが石突きで床を突いた。

中々聞けない、静かで、そして――世界で一番カッコいい声。

「アザミ。戦略結界を最大限。想定は【龍神】直系だ。万が一、失敗した場合は、エルミア、ラカンの指示を仰ぐように。殉じるのは禁止する」

「……畏まりました、主様」

恭しく、アザミは頭を下げたが……うん、この子、最後の命令だけは聞く気ないわね。

……私だって同じ想いなのだから。

黒髪の少女が短刀を抜き放ち、高下駄(たかげた)をカラン、と鳴らした。

瞳と髪が深紅に染まり、魔力量が跳ね上がる――【魔女】の特性！

室内全体に複雑な幾何学模様を描きながら結界を形成していく。

その規模たるやっ！　帝国皇宮の戦略結界に匹敵するかもしれない。

ハルが女王と視線を合わせた。

「ルゼ、本当に良(い)いんだね？　今回の処置は人類史上初。上手(うま)くいくかは……【白夜道程】を用いてもなお、五分五分だ」

「くどいっ！　失敗したら、その時は貴様に責任を取ってもらうだけだっ！」

言外に込められている意味は『私が死んだら、妹達(たち)とこの国を頼む』。

ハルは微(かす)かに相好を崩し、頷(うなず)いた。

私へも指示をくれる。

「レベッカ、君も部屋の外へ。処置は長丁場になる。エルミアが駄々をこねて入って来ようとしても、引き留めておくれ」

「分かったわ――レーベ、ハルをお願いねっ！」

魔杖を応援すると、七つの宝珠が嬉(うれ)しそうに輝いた。

ハルが両目を閉じ――開けると、そこには紋章が浮かび上がっていた。

「では始めるとしよう。かつて——僕の泣き虫で、けれど誰よりも強く優しかった古き親友、アーサー・ロートリンゲンが最善を尽くしたように」

# 第4章

## 【不倒】タチアナ・ウェインライト

「えーっと……此処はいったい何処なんでしょうか？」

私は頬に人差し指を当て、独白を零しました。

西都の冒険者ギルドで貰った地図を眺めますが……さっぱり分かりません。

立ち止まり、ポケットから取り出した手紙を眺めます。

**『親愛なるタチアナへ**

**ラビリヤの大迷宮の新階層にはまだ入れないのよね？**

**ハナお姉ちゃんがいない間に、西都の私の所まで来てほしいの。**

**大市場を抜けた先にある、最初の小路を曲がってね。**

貴女(あなた)と二人でお茶したいルナより
』

追伸
用件はお師匠絡(がら)みだよ☆

うちのクランの団長であるハナとよく似た可愛らしい字で手紙に記された小路を曲がって以降、白霧が立ち込めてきたこともあり、昼間だというのに周囲の建物すらもぼんやりとしか見えません。

よく整備された石畳の道を再び歩き始め、私は愚痴を零します。

「……こんなことなら、カールからの合同探索の申し出を受けて、ソニヤ達と一緒にお試し迷宮探索に行っていた方が良かったかもしれませんね。ハナも帝都に行ったきりですし……うぅ……私はやっぱり不幸の星の下に生まれてきたんですね……」

私が副長を務めているクラン【薔薇(ばら)の庭園】の本拠地は迷宮都市ラビリヤです。

けれど、つい先日、【魔神】復活を目論む謎の黒外套(がいとう)の手によって、迷宮都市の大迷宮は、魔物の暴走──通称『大氾濫』を起こしかけ、危機的状況に陥りました。

ハナのお師匠様のハルさんがいてくださったこともあり、大事には至りませんでしたが……現在、『大迷宮』における新層攻略は停止措置が取られています。

その為、迷宮都市の一部有力クランは、帝都、西都等に団員達を派遣。

新たな活動の場所を探している真っ最中。

食い扶持を稼ぐだけなら、大迷宮の既存層で活動をすればいいんですけど……私は、ハルさんに貰った宝物のイヤリングに触れます。

「結局、みんな迷宮攻略が好きなんですよねぇ」

私自身は動くつもりはなく、書類仕事を終え次第、ハルさんやレベッカさんに会いに行こうと思っていたんですが……若い団員達の『西都へ！』という熱意に圧されたのと、ルナさんからのお手紙をいただきやって来ざるを得ませんでした。

ハルさん絡みという言葉に惑わされたわけではありません。そうです。

西都の冒険者ギルドで出会ったカールは、合同探索の申し出を断った際、とても残念そうな顔をしていましたし……後から参加しても良いかもしれません。

断った時、楽しそうに内緒話をしていたソニヤ達を問い詰めないといけませんね！

そう固く決意をし、ずんずん道を進んでいきます。

勾配が急になってきたような？

目的地に近づきつつあるようです。

――帝国西都の高台の屋敷には『魔女』が住んでいる。

この古都に流布する有名な噂の一つです。

ただ、西都には高台らしい高台がありませんし、そんな屋敷も存在しません。これは飛空艇や飛竜を用いた測量でも確認されている事実です。

つまり――『魔女』という存在は、あくまでも都市伝説に過ぎない。

多くの人はそう思っているわけです。ハナ曰く、ルナさんによる欺瞞なんですけどね。

勾配がなくなり平面に至ると、白霧の中にようやく古いお屋敷が現れました。

建築様式からして帝都の建物よりも大分古いように思えますが……私は浅学の身。

ハルさんがいらっしゃったら、歴史背景や文化的価値まで合わせ、優しく教えてもらえるんですが。今度お会いした時に聞いてみましょう、そうしましょう。

浮き浮きしながら分厚い門に触れます。

……力任せに押しても開きそうにありません。

私はお手紙と一緒に送られてきた、コインを取り出し掲げました。

――巨大な門全体に魔法陣が浮かび上がり、地響きを立てながら開いていきます。

「おじゃましまーす」

挨拶をして門を潜ります。

白霧が左右に分かれ、赤煉瓦で造られた一本道が出現しました。

――地面から伝わる二つの振動。

一つは何かの巨大な生き物の歩行。

もう一つは……戦闘による地響き。

模擬戦でもしているのでしょうか？

私を呼び寄せた方は、ハルさんに習われたことを忠実に踏襲されるみたいですし。

「……ふふふ」

長く疎遠とはいえ、そういうところは姉妹でそっくりなんですよね。

思い出し笑いをしていると――後ろの門が音を立てて閉まっていき、白霧に飲み込まれました。

さて、先へ進みましょうか。

通路を歩いていくと音が大きくなってきました。

剣戟と魔法の炸裂音。そこに交ざるのは悲鳴と怒声。そして叱責。

「こらこら～？　特級魔法くらい鼻唄交じりで防がないと、駄目駄目だよ～？【大剣豪】

なら～魔法の発動すらさせずにこの子を斬って、私に二太刀目を放ってる。コマ達が敵討ちするのは、私、無謀だと思うけどなぁ」

「うぐっ……ま、まだだ……まだ……がぁぁぁぁぁぁ！！！！」

少年の叫び。轟音と閃光。武具や布、肉が焦げ付く――戦場の臭い。

白霧が完全に晴れ、視界が一気に広がりました。

私の前に現れたのは、花に溢れる見事な庭園。

ハルさんがお住みになっている、辺境都市の廃教会の内庭によく似ています。

その一角には木製の丸テーブル。

見えたのは椅子に座り足をぶらぶらさせながらお茶を飲んでいる、茶色の髪を一束にしたドワーフの少女でした。

向かいの椅子の上には黒の魔女帽子が置かれ、長い布袋が立てかけられています。

――【天魔士】ルナ。

ハナの妹さんであり、ハルさんの信頼も篤い大陸最強の魔法士様です。

ルナさんの前の庭では、私の背丈の数倍はある白狼が尻尾を振りながら次々と魔法を発動し、黒髪の少年少女を吹き飛ばしています。

装備している武具は、迷宮都市でも見かける極東の秋津洲のそれ――なるほど、この子達が西都で名を上げていると噂のクラン【群東獅子】ですか。

今のは光属性特級魔法ですね……何があったのか知りませんが、可哀想に。

心からそう思いながら、名前を呼びます。

「ルナさん」

ハナによく似ているドワーフの少女と白狼が振り向きました。

小さな手を振りながら、嬉しそうに笑ってくれます。

「タチアナ～♪　呼びつけてごめんねぇ？　ハナがいると貴女を呼べないからぁ……。ちょっと～取り込み中だからお茶でも飲んで待ってて。この人は攻撃しちゃ、めっ」

「わふっ！」

白狼が機嫌よさそうに返答。

私は微笑んで、お願いしてみます。

「ルナさん、可愛い子ですね。後で顔を埋めても良いですか……？　私、疲れちゃって」

「ん～タチアナなら、許してくれる――」

「はぁぁぁぁぁぁ！！！！！！！！！！！」

砂埃を突き破り、黒髪の少年が四人の仲間達と共に白狼へ突撃を敢行しました。
十五、六に見える少年の右手には虹彩を放つ長刀。

ハルさんが【勇者】の影を相手にされた時、使われた短刀に似ているような……？

凄まじい覚悟と決意が込められている少年の咆哮。

「負けぬ……負けられぬっ！　我が一族に味方しながら、途中で裏切った【万鬼夜行】が南方大陸へ来ているのだっ！　必ず、我が手で討ってみせるっ！」

大陸にも異名を轟かせる妖魔の女王が海を渡った？

いったいどうして——ハルさんとレベッカさんの顔が浮かびました。

先日、帝都の皇宮で起こった戦いと、【万鬼夜行】とに関係があるとは思えません。

ですが……胸騒ぎがします。こういう時の私の勘は当たります。

早めに、お二人に会いに行かないといけませんね。

白狼が口から光線は放ち——それを躱した少年が檄を飛ばしながら駆けます。

「足を止めるなっ！　みんな、散れっ‼」

『はっ！　駒様っ‼』

応じたのは、十代後半から二十代前半に見える男女二名ずつ。

刀、槍、輪をつけた長杖、弓で武装している冒険者達——口調といい、少年を守るような動きといい、部下なのかもしれません。

「突っ立てないで〜座って、座って。お茶くらいは出すからね〜」

「あ、は～い」

いそいそ、とルナさんの隣の椅子に腰かけます。

廃教会に置かれていたのと同じ物のようです。

天魔士様が紅茶を淹れながら、嬉しそうに教えてくれます。

「西都に来る時にね、お師匠にたくさん家具も譲ってもらったんだぁ。庭に咲いている花の種も、廃教会で採れた物が半分くらいかな～はい、どうぞ☆」

「あ、なるほど。似ているなぁ、と思っていたんです。ルナさん、お手紙の本題に移る前に、質問してもよろしいですか？」

「あの子達のこと～？」

ルナさんは私の前へ白磁のカップを置き、少年を指差しました。

必死に白狼の攻撃を躱し、近づこうとしていますが……

「ぐっ！」「！　駒様っ‼」

前脚から放たれた衝撃波を避け切れず、短い黒髪の弓使いの少女に助けられ、後退。

その間、残り三名が戦線を支えます。相当な連携です。

ただ……私はルナさんへ会釈をし、カップを手に取りました。

「冒険者ギルドでもお名前は聞きました。あの少年が二年前、レベッカさんが資金的に援助し、その後ハルさんへ挑んだという」

「六波羅駒王丸良将。タチナアは秋津洲のこと、何処まで知っているのかしらぁ？」

「基本的な情報だけですね」

――【八幡】と【六波羅】。

表に裏に、約百年近く秋津洲の覇権を懸けて争った両一族の戦いは、『八六合戦』と言われ、大陸にもその名が伝わっています。

そして――十数年前、二人の大英雄が一族の長となったことも。

【大剣豪】八幡小太郎義光。

【天下無双】六波羅不動丸良忠。

世界最強たる【十傑】に名を連ねた怪物達。七年前、秋津洲中央部で行われた決戦の末、【八幡】が勝利を収めたと聞いています。

ルナさんがテーブルにティーカップを置きました。

左手の指を鳴らすと――魔法陣から、白狼の隣に同じ大きさの黒狼が出現しました。

『っ！？！！！』

激しく動揺する少年達へ、ドワーフの少女は小首を傾げながら告げます。

「一頭に手こずる君達が～【万鬼夜行】に挑むなんて、死にに行くようなもの。そして、お師匠は絶対にそんなことを許さないし、預けられた私も許容しない。その子達を退けて、私に一太刀入れたら、南方大陸へ行くのを許可してあげる。無理だけどね☆」

「「わふっ！」」

白と黒の狼(おおかみ)達が、大きな尻尾を振りながら元気よく答えます。

纏(まと)っている魔力はどう見ても、私が【大迷宮】で今まで遭遇してきたどの階層ボスよりも強大です。

ルナさんが、二頭の狼に蹴散らされる少年達を見つめながら、零(こぼ)されました。

「【八幡】はさぁ……七年前の戦いに勝った後、【六波羅】とそれに味方した諸将を執拗(しつよう)に狩ったんだよねぇ。結果～【六波羅】一族はほぼ全滅。老若男女(ろうにゃくなんにょ)、皆殺し。【国崩(くにくず)し】はそこらへん上手(うま)いから、南方へ逃げ延びたみたいだけど」

「……つまり、あの少年は旧【六波羅】旧臣の人々からすれば希望の星であり」

「【八幡】からすれば、是が非でも始末したい存在、ということだね～。あと、コマが持っている刀の銘は――【旭虹(きょっこう)】。秋津洲に神代から伝わり、天下を担(にな)う者が管理する三大神具の一つなの。昔は『四大』だったけどね。詳しくは知らないんだけど、【万鬼夜行】って、【六波羅】を裏切ったらしいの。そんな存在がつい最近、南方大陸へ流れたって聞いて、あの子達、いきり立っちゃって……『長刀を使う黒髪の少年剣士が【万鬼夜行】と戦う』。それって凄く目立つでしょう？　侍達って、敵に回すと厄介だからぁ……八幡がこっちの大陸に渡ったらしいし」

白狼と黒狼が口から十数条の光と闇の魔弾を乱射し、必死で防御障壁を展開する【群東獅子】を吹き飛ばしていきます。

「でも、コマオウマルさん達はルナさんがいないと南方大陸へ渡ろうとしてしまう。だから、私へお手紙を。ハルさんに直接お願いなさっても良かったのでは？」

「――……タチアナ、貴女も感じているでしょう？」

少女の表情と口調が変化しました。

お茶らけた様子はなくなり――そこにあるのは、深い憂慮。

「ここ数ヶ月、帝国各地で異変が相次いでいるわ。その一部は、例の【全知】の遺児を自称する黒外套達の仕業で間違いない。……でもね？」

白黒の狼達が私達の傍へ近寄って来ました。

ルナさんの前でお座りし、ゆっくりと尻尾を振ります。

――少年達は全員、地に伏していました。

ぴくり、とも動きませんが、魔力は感じ取れます。死んではいないでしょう。

「異変は帝国だけでなく、王国、同盟……南方大陸にも波及しているわ。規模が大き過ぎる。裏に誰かが……黒外套達よりも、遥かに邪悪な存在がいると考えた方がいい」

私は帝都と迷宮都市で交戦した黒外套達を思い出します。強敵ではありました。

ですが……勝てない相手でもありませんでした。静かに聞き返します。

「……ハルさんは、それを？」

「当然。だからこそ――三列強首脳と十大財閥の当主達を一堂に集めようとしている。お師匠はもう二度と、『大崩壊』を起こさせるつもりはないのよ。今はエルミア姉とレベッカを連れて、南方大陸のルーミリア女王国へ出向かれているわ。私とグレンは万が一に備え、帝国内居残りを命じられたの」

「三列強首脳だけでなく、十大財閥の当主達もですか⁉」

私は新しい情報に絶句します。

加えて――【天騎士】と【天魔士】の南方同行を許さない。

つまり、御自身がいない間に変事が起きた場合、それだけの戦力がないと対応出来ない危惧を、あの『私が守る』と誓った育成者さんは抱かれている……。

ルナさんが左手を振り少年達へ治癒魔法をかけ始め、椅子に立てかけられていた布袋を手に取られました。

長さからして――中身は剣でしょうか？

「これは？」

「お師匠の依頼品。レベッカ用ですって。探すのに時間がかかったわ～」

受け取ると白光が飛び交いました。とんでもない魔力量です。

ルナさんが立ち上がり、慈愛溢れる瞳で少年達を見つめ――指を鳴らしました。

頭上に巨大な召喚魔法陣が出現。

その中から純白の巨鳥が飛び出し、上空を旋回しながら降りて来ます。

「私はコマ達や、たくさんの人達を守らないといけないから南方には行けない。だから、代わりに届けてほしいの。……それに」

天魔士様は信じ難いことに、嫉妬の視線を私に向けてきました。

「レベッカはお師匠の新しい【剣】。そして、タチアナ――貴女はお師匠の新しい【楯】。貴女達はお師匠の傍にいた方がいい。……本当に、本当に、悔しいけどね！」

**元『勇者』レギン・コールフィールド**

「――動いた！」

丘の上、南国とは思えない夜の寒さに耐えながら観察していた私は小さく叫んだ。

【全知】の遺(のこ)したという遠眼鏡を覗(のぞ)き再確認……間違いない。

ルーミリア女王国首府郊外の荒野に集結していた異形の混成軍――【国崩し】が率いる
魔銃使い達と、【万鬼夜行】率いる黒骸骨の群れが行軍を開始している。

進軍方向は東方。目標は首府アビラーヤだろう。隣で仮眠中の少女を揺する。

首に着けている《魔神の欠片(かけら)》の半片と、手に持つ【偽影(ぎえい)の小瓶】が光を放った。

「ユマ、ユマ、起きてっ！　奴等(やつら)が動いたわよっ‼」

「……う～ん、もう、食べられないよぉ……」

「もうっ！」

世界への復讐(ふくしゅう)を目論(もくろ)んでいる筈(はず)の凶徒とは思えない、安らかで幼い寝顔。

……私が言う台詞(セリフ)でもないけど、復讐者になんてさせたくない。

微(かす)かな足音。少女の兄であるユグルトが帰って来た。

各所に十数頭の巨猿――人造特異種【悪食(あくじき)】を展開させている。

「寝かしておけ。そいつは馬鹿だからな。一度寝たら嵐の中でも寝ている」

ちらっと振り返るも、フード付き黒外套の下の表情は分からない。

けれど――声色には、隠しようのない温かさが感じられた。

女神教に引き渡されそうになっていた私へ、ユマが『一緒に連れて行く！』と主張した時もそうだ。苦々しそうにしながら、結局『……好きにしろ』と折れていた。

この青年は家族を大切に想っているのだ。

ユグルトが遠眼鏡を下ろし、冷たく論じた。

「【国崩し】と【万鬼夜行】が動き、率いる部隊も精鋭揃い。夜襲ではなく、早朝の奇襲で決着をつける気だな。……例の奇妙な老人はいない、か」

「……ねぇ、ユグルト」

「何だ？」

青年は私の顔を見ずに反応した。

冷たいのではなく不器用な性格なのだ。……少しだけ義兄に似ている。

私は立ち上がり、ユマがくれた剣を腰に下げた。

「敢えて、もう一度聞くわよ？　本気で横槍をかけて、【万鬼夜行】の左目にある《魔神の欠片》を奪うの？　貴方達は確かに強い。でも――」

「俺の手持ち全戦力を叩きつけても、あんな化け物達をどうこうするのは無理だろうな」

冷静な戦力分析。

ユマには『《魔神の欠片》を混乱に乗じて奪取する』と言っていたけれど、それは建前。

この青年には他の目的がある、という私の予測は正しかったらしい。

フードを更に深く被り直し、ユグルトが教えてくれる。

「数度、冒険者共と戦って理解した。今の俺達の力では【黒禍】やこの世界に抗し得ない。故に《魔神の欠片》や《女神の遺灰》を我等は欲している。少なくとも、俺は長兄のユサルから最初に計画を聞いた時、そう解釈していた。だが……」

青年が顔を上げ、軍勢の中で一際目立ち、異国の鎧兜まで身に着けている巨大な黒骸骨の頭の上に乗る、妖魔の女王を見つめた。

「アレは……《魔神の欠片》は俺の想像を遥かに超えた代物だ。【魔神】復活を果たせたとしても、本当に制御出来るのか……？」

後半部分は独白。

私の返答を気にせず、ユグルトが考え込む。

「暗躍する女神教が諸悪の根源なのは間違いない。同盟を唆し【国崩し】に物資を供給し、【万鬼夜行】をもこの大陸に呼び寄せたのは奴等なのだろう」

突風が吹き、青年のフードが飛ばされた。そこにあるのは困惑。

「だからこそ……分からん。何故、長兄は俺達をこの地から撤収させようと………」

「ほぉ……愚かな【全知】の子にしては、中々賢いではないか」

「「！　ユマっ‼」」

突然、皺がれた老人の声が耳朶を打った。監視がバレて⁉

少女へ手を伸ばす黒い影に向かって、私は抜き打ちに剣撃を放つ――手応え無し！

軽やかに跳躍し私の攻撃を避け、岩の上に立ったボロボロの外套姿の老人の唇が歪む。

手には古い木製の杖。

「予備の『勇者』か。だが、お前はもう要らぬなぁ」

「ちっ！」

ユグルトが舌打ちし複数の小瓶を容赦なく投擲した。私はユマを抱え全力後退。

――岩に接触した小瓶が閃光を放ち、炸裂！

【全知】の炸裂薬の威力は凄まじく、岩を粉々に粉砕し、凄まじい爆風を引き起こした。

ユグルトの使役する『悪食』達も舞い戻り、私達を中心に半月形の防御態勢。

内、半数は砂埃の中へと突入した。

――悲鳴と絶叫。

血と内臓、切断された手足、頭が降り注ぎ、やがて……何も聞こえなくなった。

ユグルトと私は硬直。幾度か手合わせしたが、人造特異種はかなりの強さだった。

砂埃の中から老人が姿を現す。一滴の返り血すら浴びていない。

「包囲しての同時攻撃。悪くない判断だ。しかし、頭の良過ぎる者は長生き出来ぬ――《魔神の欠片》の半片を渡して去れ。さすれば、命だけは助けてやろう」

「……嘘ね」「嘘だな」

私達は断じた。老人の白い眉がぴくり、と動く。

「貴方、殺気が不自然なまでに無さ過ぎるわ。まるで……死人みたい」

「女神教の走狗がっ！　《魔神の欠片》を何に使うつもりだっ‼」

激高した振りをしながら、ユグルトが情報収集を試みる。先程の動きを見て理解した。

――私達ではこの老人に勝てない。

「くっくっくっ……儂が女神教の走狗じゃと？　笑わせてくれる。前言は撤回しようかの。所詮は愚かな【全知】の子。多少知恵は回っても――」

老人の影から、刀を持った剣士と片手斧を持った巨軀の戦士が強襲！

――つんざく金属音が夜の静寂に木霊した。

刀による光速の抜き打ちと、スキル【剛力】によって振るわれた片手斧の一撃は、杖に

よって止められていた。剣が仕込まれてっ⁉

「ちっ……未熟な『渡影術』からの奇襲とは、小賢しいっ‼」

「「っ！」」

剣士と戦士――ユグルトの使役する存在としては、最強の二体が吹き飛ばされた。

枯れ枝のような腕の何処にこんな力がっ！

青年が残りの巨猿達へ攻撃指示を飛ばしながら、叫んだ。

「レギン！」「ええっ！　ユマ、いい加減に起きてっ‼」「……んぁ～？」

私とユグルトは戦うことを考えず、少女を担ぎ上げ全力での逃走を開始した。

この老人に《魔神の欠片》を渡しては駄目だ。

渡せば……恐ろしいことが起こってしまう。

――私達の逃走が成功するかは、まだ分からなかった。

＊

ルゼの寝室から苦痛を訴える女性のか細い呻きが消えたのは、ハルが処置を始めて二日目の朝だった。

張り巡らされていた戦略結界も消えていき――固く閉じられていた部屋の扉が開く。

「ハルっ！」

アザミをおぶり出て来た黒髪眼鏡の青年に、私は白布を持って駆け寄った。

黒髪眼鏡の青年の表情には濃い疲労。額には大粒の汗。レーベの姿もない。

胸が締め付けられ、震える手を伸ばし白布で汗を拭く。

すると、ハルは何時（いつ）ものように微笑（ほほえ）んでくれる。

「ありがとう、レベッカ。アザミを頼めるかな？」

「うん！」

目を閉じ、深く眠っている年下の姉弟子を背負う。……軽い。

寝ずに待っていたルビーが、おずおずと尋ねる。

「ハ、ハルさん、姉様の容態は」

王女の後ろに控えている近衛兵士（このえへいし）達も固唾を呑（の）む。

ハルが椅子に腰かけた。アザミをソファーに寝させ、片手で水筒を手渡す。

「――弱っていた心臓を《魔神の欠片》の半片と【白夜道程（びゃくやどうてい）】で代替した。ルゼは凄（すご）いね。激痛だったろうに、一度も悲鳴をあげなかった。呪詛（じゅそ）が抜け切った後、もう一度回収しないといけないけど……命に別状はもうないよ」

『っ！！！！！』

ルビー、そして近衛兵士達の顔に歓喜が溢れ、頬を涙が伝う。

水筒の中の冷たい果実水を美味しそうに飲み、ハルが人差し指を唇に当てた。

「静かに。ルゼとアザミが起きてしまう。当面は絶対安静だ。戦場に出ようとしたら、ベッドに縛り付けてでも止めておくれ。傷が開いたら――確実に死ぬよ」

「わ、分かりました。姉様は……」

「数日は起きないんじゃないかな？　行っておあげ」

「は、はいっ！」

ルビーと近衛隊長のベリトは飛ぶように部屋の中へ駆け込んで行く。

――中から押し殺した泣き声。それを聞き、近衛兵士達も号泣する。

「ふふ、頑張った甲斐があったね…………」

「ハル⁉」

黒髪眼鏡の青年の身体が前方に倒れかけ、椅子から滑り落ちそうになった。

私は悲鳴に近い叫びをあげ、ハルを抱き締めるように支える。

青年の横顔を見つめながら、聞く。

「大丈夫……じゃないみたいね？」

「凄く疲れたよ……。レーベとアザミの助けがなかったら、とてもじゃないが成功しなかった。勿論、レベッカの助けもね」

「……私は何もしてないもの」

実際、私は何もしていない。

異変を感知し、即座に舞い戻って来たエルミアとラカンを、味方になってくれたスグリと共に説き伏せただけ……ほんと、情けないわね。ハルが頭を振った。

「エルミアとラカンを止めてくれただけで十二分さ。踏み込まれていたら、大変だった……みんなは警戒中かな？」

「うん。交替で詰めていたの」

こんな時だけれど……私が当番の時にハルが出て来てくれたのが嬉しい。

青年を椅子へ再度ゆっくりと座らせる。

「そっか……なら、僕も少し休むよ。【国崩し】達が動いた時は――」

「問題ない。私がいる」

私達は声のした廊下の先を見つめた。

「やぁ、エルミア」「……早いわね」

珍しく長い白髪を乱し、額に汗まで掻いている姉弟子が立っていた。

宮殿の尖塔から全力で駆けて来たのだろう。

不満そうに頬を膨らませ、ハルへ近寄り――小さな子供が大人にするように、自然な動作で抱き着き、胸に顔を埋めた。

「…………無理し過ぎ。馬鹿。幾ら、あのお姫様があの人達に――秋姉と雪那姉に似ていたからって、後でお説教…………」

強くて優しい姉弟子の小さな身体と声は……震えていた。

……エルミアがこんな顔をするなんて。

なされるがままになっていた黒髪の青年は、ふっ、と表情を崩し、白髪少女の背中を優しくさすった。

「あんまり、怒らないでほしいなぁ……エルミア、頼んだよ」

「――ん」「……ハル？」

後事を姉弟子へ託し、ハルが目を閉じた。

――安らかな寝息。

そんな青年の黒髪をエルミアの小さな手が梳く。

「…………ほんと、しょうがない人」

幼い容姿の白髪少女の横顔が大人の美女に見え、息を呑む。

「！」

……い、今のって、本当にエルミア？

すっと、姉弟子が立ち上がり——私に指を突き付けてきた。

「家猫レベッカ。何を呆けてる？　とっととアザミを部屋へ運んでいけ。ハルは私が運ぶ。

——私の勝ち。むふん」

「なっ⁉　べ、別に負けてないわよっ！　ねぇ、さっき言っていた雪那って誰のことよ？

ラカンとスグリは？」

「……昔の戦友。二人は外で警戒中。あれで、スグリは戦争が巧い」

エルミアの答えを咀嚼する。

戦友、か……。何処かで見た記憶があるのよね。確か、何かの英雄譚だったような。

アザミを背負い、姉弟子と目を合わせて聞いておく。

「……で？　【国崩し】達は来ると思う？」

「来る」

姉弟子は、腰に下げている短剣の鞘を叩き断言した。

「秋津洲の連中は機を見るに敏。ルゼの容態悪化を察知すれば必ず仕掛けて来る。スグリに調べさせて分かった。向こうにも余力はない。次の一戦が限界。交渉して退けば良し。強硬なら……ハルが起きて来る前に私達だけで殲滅する」

## アビラーヤ郊外【国崩し】橋本悪左衛門祐秀

「かしらぁっ！　見えやしたぁぁぁっ‼　アビラーヤの白壁ですっ‼」

「応よっ！」


先行している部下が待望の報せを叫んだ。

こっちへ来て以来、大分痩せちまった腹を擦りながら、野郎共と小高い丘へ。

——朝靄の中、光を反射する噂に聞く白壁が見えた。

敵は油断しているのか、軍の姿が場外にない。

くっくっくっ……奇襲成功だぜぇ。

故国を追われ、苦節七年。遂に……遂に、此処までっ！

俺は愛用の魔砲『八幡殺し』の銃床で地面を叩いた。

野郎共が一斉に俺を見る。秋津洲出身の古参達だ。

魔銃や甲冑は傷だらけで、何より……皆、歳を喰い、数も減った。

此処にいない連中全員がくたばったわけじゃねぇが、少なくない男達を俺はこの鄙の地で死なせた。

だからこそ——負けられねぇ。

「手前等、見えていやがるなぁ？　あれが、ルーミリア女王国の都だぁ。今日、俺達は【四剣四槍】ルゼ・ルーミリアの首を取り——」

深く深く息を吸い、目を閉じる。

思い起こされたのは龍乃原の戦の前夜。六波羅の悪友と呑んだ最後の酒。

……不動丸よぉ。

俺はぁ、お前との約を——『天下を取らせてやる』と誓った、幼い時分の口約束を破るつもりは毛頭ねぇんだぜ。

かっ！　と眼を開き、魔砲『八幡殺し』を掲げ、咆哮をあげる。

「『国興し』を成し遂げるっ！！！！」

『おおおおおおお！！！！！！！！！！！』


野郎共も俺に呼応し、大咆哮。アビラーヤまで聞こえていようが、構いやしねぇ！

あの胡散臭い爺――ヤトから得た秘密情報によれば、【四剣四槍】は瀕死。

諸外国からの増援も来ていねぇ。残りの敵兵共なんざ、俺一人でも潰せるっ！

俺は高揚感を覚えながら、巨大な甲冑黒骸骨の兜に乗っている妖魔の女王――【万鬼夜行】を見やる。

七年前、龍乃原の戦の直前に俺や不動丸と袂を分かったとはいえ、蟠りはねぇし、実力も十分分かっている。

「手筈通りで良いよなぁ？　先鋒は姐さんの巨大黒骸骨。門か壁が崩れたら、黒骸骨達を前衛に、俺達が後衛だ」

「構わぬ。だが……あの弓削の娘と猫は私が殺す」

怒気を受け、野郎共がたじろぎ、感情のねぇ筈の骸骨共も歯を鳴らした。

あの糞野郎共には俺も復讐してやりてぇが……魔砲を片手で構え、

「……ああ。好きにしてくれ――そんじゃ」

引き金を引いた。

強烈な反動を身体強化魔法と先天スキル《剛力》で抑え込み、大魔力弾を発射。

靄を吹き飛ばしながら、白壁上に設けられた敵兵の詰め所に着弾。吹き飛ばした。

俺は下知を飛ばす。

「征くぞ、野郎共っ！！！！！　俺に続けぇぇぇ！！！！！」

『応っ！　応っ‼　応っ‼』

大唱和が巻き起こる中、俺も進もうとし――

〈待て〉

甲冑黒骸骨の腕に止められる。胡乱気に眺め、返す。

「……何だよ、姐さん。今更、何かあるってのかい？」

〈――来たぞ〉

「……ああん？」

俺は妖女の白く生気のない指の先へ目をやった。

砂礫の散乱する荒野に――巫女服を着た狐族の巫女が一人立っている。

そして、黄金色の尻尾と一緒に手を振ってきやがった。

「ちわ～っす♪　皆さん、元気っすかぁ～？　スグリっす。【嵐刃】って呼ばれてるっす」

こいつは俺達と同じ秋津洲出身の厄介な傭兵の少女。通り名は【戦争屋】。

先の戦、こいつのせいでルーミリアの小娘を討ち損ね、【東の魔女】の奇襲を受けた。

だが……あの猫の姿はねぇ。俺は魔砲に魔力を込めながら嘲弄した。

「……何の用だ？　まさか、嬢ちゃん一人で俺達を止めにでも来たってのか？」

「まっさかぁ！　【十傑】の二人に挑む程、命知らずじゃないっすよ」

「なら――」

俺が恫喝する前に、骨の刀や槍を持った百以上の黒骸骨が前進を再開。

見た目からは想像出来ねぇ速さで、少女傭兵を包囲し停止した。

「うわ……せっかちっすねぇ。お姉さん、人に嫌われてんじゃないっすかぁ？」

〈……殺せ〉

妖女から死刑宣告が下り、黒骸骨達が殺到。

少女傭兵は十数枚の呪符を放り投げた。

直後――無数の刃が顕現。

包囲していた黒骸骨達を刻み尽くし、全滅させた。

『っ！』〈……貴様〉

信じられない光景に、兵達の間に動揺が走り、妖女が怒気を発する。

対して、獣耳を動かしながら少女傭兵はくすくすと嗤う。

「『戦場での小粋な会話も楽しめない相手に慈悲はいらない』――今は行方不明の姉弟子がよく言ってたっす。まぁ、私はお二人さんの立場には心から同情するっすけど」

「……あぁ？　同情だとぉ？」

少女傭兵が呪符を挟んでいる左手を掲げ、人差し指を立てた。

「その一！　故国から大敗走した挙句、こんな大陸までやって来てなお戦い続け、どんどんお仲間を喪い続けている。そろそろ、半数を割るんじゃねぇっすかぁ？」

『っ！』

兵達が息を呑み、さっきよりも強い動揺。

……こいつ、俺達の内実を知っていやがる。

「その二！『新しい国を作る』という言葉に踊らされ、過酷な世界を知らない。女王様を倒したら、自由都市同盟とロートリンゲン帝国はこっちの大陸に絶対大規模介入するっすよ？　同盟と帝国の総動員数、教えてあげましょうか？」

「………………」『〜〜〜っ！』

そんなことは痛いくらいに分かっているっ。

俺や濃い殺意を放っている【万鬼夜行】でも、同盟と帝国全軍相手には勝てねぇ。

だからこそ――正体不明だが、女神教と繋がりを持っていやがるヤトと手を組まざるを得なかったのだ。

「第三に――」「てめぇら、打てっ！！！！」／「――投げろ／

皆まで聞く前に、俺と妖女は号令を発した。

老副官が指揮棒を掲げ、叫ぶ。

『放てぇぇぇぇ！！！！！！！！！！！！！！！！』

千を超える魔銃による魔弾斉射と、大骨槍が少女に叩きつけられる。

最初からこうしちまえば――閃光が降り注ぎ、魔弾と大骨槍の悉くが粉砕された。

『⁉』

何が起こったのか理解出来ず、俺達は目を見開く。

妖女も身体を凍らせ「……まさか」と零している。

いったい何処から――アビラーヤの宮殿尖塔の頂点に強大な魔力。

あ、あんな遠距離から撃ってきやがったってのかっ⁉

傭兵の少女が埃を払いながら嘲弄。呪符を翳した。

「この戦場における、最凶に気付かない鈍感さ……死んでも仕方ないっす。兄貴っ！」

「待ちかねたのであるっ！！！！」

『なっ⁉』

空に放り投げられた呪符が転移魔法陣を形成。

中から、道着姿の悪鬼——【拳聖】ラカンが急降下してくるっ！

咄嗟に魔砲を照準。大陸共用語で罵倒しながら全力で魔弾を放つ。

「死ねヤっ！　糞猫っ！！！！！」

「『烈』！！！！！」

俺の魔弾と、暴風を纏った拳とが上空で激突。衝撃が走る。殺ったか⁉

が——

「ちぃっ！　手前等っ！」「『風』！！！！！」

『〜〜〜〜〜っ⁉』

俺が命令を発する前に、魔弾を貫通した灰色猫の左正拳突きが荒野に突き刺さる。

大地が悲鳴をあげていやがるような大音響が轟き、地面が割れ、俺達と妖魔の群れとを引き裂いていく。

強制的に作り出された大きな谷を覗き込むが……この深さ、戦闘中に渡るのは自殺行為。

妖魔の群れと対峙する、嬉々とした様子の猫に殺意を込めた視線を叩き込みつつ、俺達と対峙している【戦争屋】へ魔砲を向ける。

「て、てめェェェ………」

「古今東西、戦術の要諦は敵軍の『各個撃破』にあるっす。魔銃衆と黒骸骨の組み合わせは強力っすけど、分断してしまえば――どうとでもなる」

「か、かしらっ！　御味方がっ！」

谷の対岸では小さな悪鬼が殺戮を開始していた。

百体以上の黒骸骨を手刀の一閃で全滅させ、小山程の巨大黒骸骨が振り下ろした大槌も蹴りの一撃で腕ごと吹き飛ばす。

〈…………！〉

妖女の右の瞳に焦りが見えた。

【万鬼夜行】は一人で国を落とせる程の妖魔を操る。

……が、だからこそ、本人の戦闘能力はそこまで高くはねぇ。

あの悪鬼みてぇな『絶対的な個』との近接戦闘は不利となる。

それに……理由は知らねぇが姐さんの力は、七年前よりも落ちている。

【戦争屋】が勝ち誇ってきた。

「うちの兄貴、接近戦だけなら世界最強の一角なんすよ？　そ・し・てぇ？」

「？　ちっ！　耐雷結界、急げっ！」

咄嗟に命じながら、俺自身も魔法障壁を全力で張り巡らす。

　直後──上空から無数の雷が降り注いだ。この威力、最低でも特級かっ！

　標的は骸骨共だったようで、こっちに被害は出てねぇものの、猫の周囲を中心に数百体が一掃されていく。

「……うーん。まだ、調整が必要ね」

「レベッカ！　良い雷だったのであるっ！　躱す訓練にもってこいであるなっ！」

「………ラカンって変よね」

　腕組みをする灰色猫の傍らに降り立ったのは、長い白金髪で軽鎧を身に着け、漆黒の魔剣を手にしている少女剣士だった。

　想定戦力は──最低でも第一階位。最悪、特階位か。

　この局面で隠し玉とは、やりやがるっ！

【万鬼夜行】の唇が動いた。『………これは、【黒禍】が手慰みで創った』。

　俺が歯軋りしていると、【戦争屋】は肩を竦めやがった。

「私の可愛い妹弟子もいるんすよ☆　戦局、そちらに利非ずってやつっす。退けば追いはしないっすよ？　生きるか死ぬかの戦いって、おっかないじゃないっすか？」

「……はんっ」

　そう言いながら、狐族の少女は瞳を爛々に輝かせ、闘争に酔っていやがる。

此処で退いても……俺達に次はねぇ。

物資は掻き集められても、態勢を立て直せばルーミリアの連中の方が動員出来る兵員数はずっと多い。

待ち伏せを受けたってことは、【四剣四槍】の重篤の情報ですら、欺瞞の可能性もある。

戦場に出て来られたら――俺は懐から左手で呪符を取り出し、地面へ叩きつけた。

次々と魔砲が出現し、腕と背に装着。

地面を踏み締め、戦意喪失しつつある野郎共を叱咤する。

「手前等っ！　この程度、今までも散々逆転してきただろうがっ！　小娘一匹に手間取るんじゃねぇっ‼　とっとと片付けて、俺達の国を奪いに征くぞっ！！！！！」

『！　応っ！　応っ‼　応っ!!!』

激戦を潜り抜けて来た兵達が魔銃を構え、近接戦闘に備え、槍衾を形成し始める。

スグリの顔が引き攣った。

「うわ……誤魔化されてくれないんすか。秋津洲の人達ってだから嫌なんすよねぇ」

「てめえも、その秋津洲出身だろうがぁ？　ついてなかったなっ！　……死ねっ！」

俺は数十門の魔砲を一斉射撃！

この技を使い俺は故国の戦で幾つもの小国を滅ぼし、【国崩し】と謳われたのだ。

呪符での防御なんかさせるかっ！　全て吹き飛ばしてやるっ‼

——妙に間延びした少女傭兵の声が耳朶を打った。

「あ、でも、今日一番ついてないのはあんた達っすよ。何せ——」

魔弾が着弾し、大閃光と爆風が走る。腕で破片を防御。

……直撃させた。

これで殺れなかったのは、【大剣豪】と【天下無双】、そして、あの白髪の化け物だけ。

【戦争屋】は戦慣れしていやがったが、俺の瞬間火力を防げるわけ——

「ん——少しは成長した」

静かな、二度と聞きたくない声が耳朶を打った。砂煙が晴れていく。

狐族の少女の前に立ち、傲岸不遜に批評してきやがったのは——長い白髪に黒いリボンを着けていやがるメイドだった。手に持つ魔銃には短剣が装着済み。

周囲には光り輝く無数の【楯】が浮かんでいる。

スグリがメイドの後ろから顔を出した。

「エルミア姉と戦わないといけないいんすから★」

白髪メイドは俺を見ようともせず、妖魔を蹂躙している猫と少女剣士を見つめ呆れる。

「……はぁ。馬鹿猫と家猫ははしゃぎ過ぎ。スグリ、援護」

「うっす～♪」

姿が掻き消え、少女剣士の後方へと転移した。

短剣の装着された魔銃を肩に置き、白髪の怪物は初めて俺を見た。

寒気が走り、身体が震える。

恐怖……していやがるのか？　俺が？　馬鹿なっ！

七年前、この化け物に遭遇して生き残った古参達も絶句している。

一人の若い指揮官が恐怖に耐え切れず、号令した。

「は、放てぇぇぇぇぇ！！！！！」「ま、待てっ！」

俺が制止する前に、数十名が発砲。

魔弾は白髪の怪物を直撃し——全弾が光り輝く楯に弾かれた。

名高き伝説の絶対防御【千楯】。

『！？！！！』

兵達が信じられない光景に後退りしていく。このままじゃ、士気が崩壊する。

怪物――【殲射】のエルミアが魔銃をゆっくり構え直していく。

「七年前の龍乃原で固まらなかった覚悟は出来た？　退けば追わないつもりだった。でも……貴方達は私の妹弟子と私を撃った」

魔銃が停止した。

銃口は俺の心臓に照準を合わせている。


「撃つなら、自らも撃たれることを覚悟すべき――『魔銃』の恐ろしさを知りたい？」


七年前の惨敗が脳裏を掠め、震えが酷くなっていく。

俺は、俺は、またここで……亡き悪友の言葉が蘇る。

『悪秀、俺は世界最強の侍に必ずなる！　だから、お前も――』

思いっきり、地面を踏みしめ笑う。

「……っ…………ふっ、ははははははははは！！！！！」

「か、頭……？」

「…………」

老副官が心配そうに俺の顔を覗き込み、白髪の怪物は面白そうに口元を歪めた。

咆哮し、喝を入れる。

「手前等、気張りやがれっ！　相手は――世界最高射手【殲射】の白姫っ‼　ここで、奴を討てばっ！！！！！」

くわっ、と目を大きく見開き、全身の魔力を限界まで活性化。

肌が裂け、血しぶきが舞うのも気にせず、叫ぶ。

志半ばにして非業の死を遂げた――今は亡き親友へ届くように。

「俺が――俺達が世界最高の射撃衆だっ！！！！」

『……っ！　オ、オオオオオオオオオオ！！！！！！！！！！』

兵達も魔銃にあらん限りの魔力を注ぎ込み始めた。

怪物の笑みが深まり、無数とも思える光り輝く剣・槍・斧・楯が生まれていく。

「ん。その心意気や良し。私も全力で相手をする。来い――【国崩し】」

＊

「せいっ！」

私は群がってくる黒骸骨の槍兵達を雷の魔法剣で横薙ぎ。

最後方、唯一甲冑を着けた巨大な黒骸骨の兜の上にいる【万鬼夜行】へと疾走する。

人為的な谷を挟んだ荒野に大閃光と爆発音が木霊した。

「……うわ」

唇に愉悦を浮かべながら、エルミアは、【国崩し】達との撃ち合いに興じていた。

男達が絶叫する度、千に達する魔弾が放たれ、エルミアに殺到。

が……悉く光り輝く楯に弾き返され、反撃の【千剣】【千槍】【千斧】に戦列が吹き飛ばされていく。

この状況で統率を維持している【国崩し】……凄いわね。

後方からスグリの鋭い叱責。

「レベッカ、出過ぎっ！」

いつの間にか、錆びている肉断ち包丁を持つ四体の巨大黒骸骨が私へ近づき、後方も数十体の黒骸骨に取られていた。妖魔の女王の冷たい視線が私を貫く。

しまったっ！　誘い込まれたっ！

巨大な肉断ち包丁が私に向かって振り下ろされ、槍衾を形成した黒骸骨達も、歯を鳴らながら間合いを詰めてくる。

相手の魔力量と重量からして、受けるのは自殺行為。

魔力消費は激しいけど、【雷神化】で離脱を——数十枚の呪符が私を守るように舞った。

呪符は次々と発光し『刃』を具現化。

恐るべき竜巻を発生させ、敵を容赦なく切り刻み、瞬時に全滅させた。

——黄金色の尻尾を揺らしながら姉弟子は私と背中を合わせ、新しい呪符を取り出す。

再び、召喚されてくる黒骸骨達を見やりながらお礼。

「……あ、ありがと」

「ふふふ～♪　素直な妹弟子って新鮮でいいっすねぇ……もっともっと、姉弟子っ！　を頼りにしてくれていいんすよぉ☆」

「どんどん頼りたくなくなっていくわ、よっ！」

倒した黒骸骨達の補充が終わる前に、雷の斬撃を【万鬼夜行】へ放つ。

……が、駄目。

巨大な黒骸骨が立ち塞がり、一体、二体……三体目までは倒せず、消失した。

妖魔の女王が私に、嘲りの表情を向けてくる。

スグリがちらっと、敵右翼及び中央を見た。

「狙いは悪くないんすけど、もっと減らさないと無理っすね。まぁ……」

目にも留まらぬ速さで、灰色の小さな物体が敵戦列を穿ち、千切り、吹き飛ばし、砂柱を巻き上げている。

ラカンは単独で妖魔の群れの七、八割を相手どっているのだ。

対する、【万鬼夜行】もさる者。

私とスグリを近づけないようにしながら、無限とも思える黒骸骨を召喚し続けている。

一筋縄じゃいかないわね。

「とうっ！！！！」

ラカンが黒骸骨達の繰り出した槍衾の先端に立ち、高く高く飛び上がった。

空中で一回転し、

「『雷』っ！」

叫びながら急降下！

突き出された小さな左足から、巨大な稲妻が発生していく。

目標にされた妖魔の女王が左手を掲げる。

すると、数千の骸骨兵達が結集。骨の壁を作り上げた。

「『電』っ！」

直後、ラカン必殺の左足蹴りが骨の壁に炸裂！

「っ⁉」

一瞬、音がなくなり――直後、凄まじい衝撃波と爆音が響き渡った。

上空の雲が吹き飛び、蒼天を覗かせた。

アビラーヤにも届くんじゃ？　と心配になる程の雷波が荒野に走り、私とスグリの近くの妖魔達も粉砕されていく。

私は近くにあった砂岩の陰に隠れ、姉弟子へ叫ぶ。

「で、出鱈目過ぎやしないっ⁉」

「最古参組なんてみんな、人をとっくの昔に止めてるっすよ。まぁ、兄貴は猫で、強いのは前からっすけどっ！」

そう言いながら、黄金の尻尾を誇らしそうに揺らしながら、スグリは濛々と立ち上る砂煙を見つめている。

……あ。

私は得心し姉弟子の肩を、ぽんぽん、と叩いた。

「そういうことね。ま、頑張って。変な趣味だとは思うけど、応援はするわ」

「⁉　な、何すかっ！　そ、その顔はっ⁉」

「べっつにぃ〜。行くわよっ！」

「ググ……こ、この妹弟子、か、可愛いっすけど」

岩から飛び出し、私達を襲おうとしていた骸骨獅子を両断！

残り二頭はスグリの呪符に雁字搦めにされ、砕かれた。

「可愛くないっすっ！」

私は愛剣を肩へ置く。

前方には、骸骨獅子と骸骨狼の群れ。私達の機動性を殺す為、召喚魔法を変更したのね。

骨の壁は崩壊し、敵戦列にも大穴が開いたものの……ラカンと対峙する【万鬼夜行】を守る甲冑巨大骸骨は健在で、新たな黒骸骨達も魔法陣から這い出て来る。

私は息を吐いた。

「真面目な話をしましょう、姉弟子」

「そうっすね」

骸骨獅子と骸骨狼の群れが声なき咆哮をあげ突撃してくる。速いっ！

出し惜しみして機動性を削がれたら、殺られる。

私は即座にそう判断し——【雷神化】。

途中で二手に分かれ、左右から跳躍してきた骸骨狼の首を断ち切る。

「この骸骨達、一体一体は大したことはないわ。でも！」

スグリは呪符を展開し、『刃』を速射。

殆どを打ち倒したものの、一部の突破を許し、獅子の爪を引き抜いた短刀で受け止め、弾き返す。

「数が尋常じゃないっすね。私達の体力だと――ジリ貧っす」

「何か切り札はないわけっ！」

「残念すけど――……私、か弱い女の子」「そういうのいいからっ！」

じりじりと包囲の輪を狭めてくる骸骨獅子と骸骨狼の圧迫を受けつつ、私は反撥した。

こうなったら、一か八か超級魔法で――大振動と共に、砂柱が立つ。

骨の大斧を持った巨大黒骸骨が、ラカンの拳で背骨を粉砕され消失していく。

雑魚の数は減っていないが、巨大黒骸骨は数を減らし、甲冑装備を除けば残り四体程だ。

灰色猫が顎に触れ、【万鬼夜行】を見た。

「流石は修羅の国、秋津洲において長年討伐隊を返り討ちにし続けた妖魔の女王。『大兵に戦術無し』。見事なのであるっ！　が、それ故に」

「…………」

妖女が左手を振ると、残り四体の巨大黒骸骨が前進を開始した。

対してラカンは泰然。逃げようともせず、その場で待ち構える。

「危ないっ！」「兄貴っ⁉」

肉断ち包丁、長槍、大槌、拳がラカンへ叩きつけられた。

――凄まじい残響と魔力がぶつかる余波。


【拳聖】と謳われる格闘猫は、両手で恐るべき威力の攻撃を受け止めていた。

妖魔の女王の右目が大きく見開かれる。

ラカンの身体から、魔力が一気に噴き上がった――気闘術！

「せいっ！！！！！」

武装を粉砕し、垂直に跳躍。両手を手刀とし、十字に交差させた。

魔力と猛烈な風が刃を形作っていく。

【拳聖】が裂帛の気合と共に、叫ぶ。

「『陣・風』！！！！！」

——白翠の光が走り、円となった。

四体の巨大黒骸骨達の動きが停止し、身体の上下を真っ二つにされ、嘘みたいに倒れて行く。後方からも破壊音。

アビラーヤの城壁の監視用尖塔が落下していくのが見えた。

私は余りの光景に絶句。

「……兄貴、加減が必要っすよ」

狐族の姉弟子は頭を抱えている。

ラカンが地面へ降り立ち、後退した妖魔の群れに守られている妖女へ話しかける。

そこに込められているのは——憐憫。

「……惜しい、実に惜しいのである。龍乃原で受けたと聞く古傷と、アザミが奪った【白夜道程】があらば、もっと愉しい死戦となったであろうにっ！　今の貴殿では——」

兄弟子が目を細め、左手を薙いだ。突風が妖女の前髪を吹き飛ばす。

「っ⁉」

左目に埋め込まれている漆黒の宝玉が、まるで根を張るかのように、顔面の半ばまで侵食している。

「その左目の成長しつつある《魔神の欠片》に――自らを喰われぬようにするので精一杯なのであろう？」

〈…………〉

妖女は何も答えず、右手を掲げた。

ラカンを囲むように魔法陣が生まれ、武器を持たない巨大黒骸骨達が再臨。

次々と灰色猫に大槍を叩きつけてくるも、

「無駄なのである」

砂塵すら立たせず受け止め、拳で次々と粉砕、淡々と批評する。

「吾輩、物覚えは良い方なのである。この骸骨共の一撃は覚えた」

私はラカンが行った神業を自分の中で咀嚼し、狼狽える。

「う、受けた瞬間に魔力障壁を形態変化させて、衝撃を受け流しているの⁉」

「ふっ――自分の才が怖いのである」

胸を張り、灰色猫がカッコつけた。

戦場とは思えないやり取りをしていると、【万鬼夜行】が初めて、口を開く。

〈……白姫と貴様等がこの地にいる。【黒禍】も、いるのだな……？〉

私の感情に呼応し、バチバチと無数の紫電が発生。

妖女へ啖呵を切る。

「いる、と言ったら？　あと、ハルをそんな名前で呼ぶんじゃないわよっ！」

【万鬼夜行】の顔が微かに歪んだ。

谷を挟んだ荒野で行われていた激しい撃ち合いも収まっていく。

既に立っているのは、エルミアと――【国崩し】だけだ。

ラカンが腕を組む。

「エルミアの姐御と真正面からの撃ち合いを挑むとは、【国崩し】殿は豪気であるなっ！

女神教だかの手引きを受けたのは失策であるが――レベッカ！」

「ええ！」

兄弟子に呼ばれ、私は剣を天高く掲げた。ハルの、私のお師匠様の【黒雷】を思い出す。

大丈夫――……今の私なら、出来る！

目を開け、怯えた様子の骸骨獅子と骸骨狼の群れへ静かに剣を振り下ろし、紡いでいた雷属性超級魔法を解き放つ。

「――【白雷】」

瞬間、純白の雷が荒野に降り注ぎ、獣型の黒骸骨達を一掃した。
残っているのは【万鬼夜行】の乗る甲冑を着けた黒骸骨と妖女を守る雑魚のみ！
〈っ…………そうか、貴様が、奴の新しき…………〉
妖女が右目を見開き。初めて私を注視した。剣を払い、ニヤリ。
「うん、摑めてきたわ！」
「やるのであるっ！」「ふぇ～……お師匠が気にかけているわけっすねぇ」
ラカンとスグリの称賛がこそばゆい。
妖女が俯き、怒気を発した。
〈…………歴史を知らぬ、蛆虫共が…………〉
「「「！」」」
荒野が震え、【万鬼夜行】の身体から、禍々しい魔力が溢れ出す。
右手を掲げると、残っていた雑魚の骸骨達が甲冑黒骸骨に殺到。吸収されていく。
甲冑黒骸骨が骨を纏い、山のように巨大化。
身体中に骸骨の顔、顔、顔、顔。
私達を睥睨し、手には漆黒の大刀を持っている。
髪を振り乱し、醜い左面を見せるのも厭わず、空中に浮かぶ妖女が絶叫した。

「我を舐めるなっ！！！！！　貴様等は此処で死ねっ！！！！」

殺気と魔力で肌が粟立つ。弱体化している筈なのに……。

「洒落になってないわね」「兄貴っ！　何とかしてくださいっすっ‼」

「ぬぅうっ！」

「殺せっ！！！！」

私達のやり取りに構わず妖女が激し、指示を飛ばした。

「スグリ、合わせてっ！」「しょうがないっすっ、ねぇっ！」

後先考えない全力の【雷神化】。

力任せに振り下ろされた甲冑骸骨の大刀を散開して躱し、私は雷を纏って跳躍。

大刀の剣身に飛び乗り疾走しながら、私は全力で魔法剣を発動した。

十数枚の呪符が舞い――スグリの魔力が私へ重なる。

巨大な左手が私を払おうとするも、

「可愛い妹弟子の邪魔はさせぬっ！！！！！」

ラカンが凄まじい蹴りで上を弾き飛ばしてくれた。いけるっ！

漆黒の太刀の剣身を一気に駆け抜け大跳躍し、私は巨大黒骸骨、【万鬼夜行】の頭上高くに遷移。

——今まで経験したことのない高揚感と全能感。

ハルの《時詠》を何度も受けたからかしら?

疑問を覚えつつも、身体は自然に動いた。

「くらえぇぇぇぇぇぇぇ!!!!!!!!!!」

驚いている妖女を見ながら、私は全力で雷の魔法剣を振り下ろしたっ!

眩い斬撃に巨大黒骸骨は切り裂かれ、黒血を噴き出しながら倒れて行く。

風魔法を応用し、地上へ降り立つ。

【万鬼夜行】　はっ⁉

兄弟子と姉弟子が叫んだ。

「ぬっ!」「レベッカっ!　後ろっすっ‼」

倒れた骸骨の中から、妖女が出現した。右手には鋭い骨の短剣を持っている。

瞳には喜悦。

〈殺したぞぉっ！　新たな【剣】っ‼〉

「やらせませんっ！」

骨の短剣は私を貫く前に、光り輝く『花』に受け止められ、砕け散っていた。

こ、これって……まさかっ⁉

花飾りを着けた長い金髪を靡かせ、剣を抜き放った美少女が私の前へ降り立つ。

楯役だというのに、軽鎧すら身に着けておらず、背中に長細い袋を背負っている。

「！　タ、タチアナっ⁉　な、何で、此処に……」

「ルナさんのお使いです♪」

私を救ってくれたのは、迷宮都市最強クラン【薔薇の庭園】副長を務め、【不倒】の異名を持つ美少女剣士だった。頭上で白い巨鳥が鳴いている。

妖女は突然の乱入者に瞳を更に大きくするも、すぐさま左手にも短剣を生み出し――漆黒の雷に消滅させられた。

〈⁉〉

「静流、もうお止め」

静かな……けれど、とても寂し気な声。私達は一斉に振り返った。

ハルがアザミを従えて、【万鬼夜行】を見つめている。

妖女が凄まじい歯軋り。

着物の少女は懐剣の柄に触れ、目を細めた。

「……五月蠅いです。エルミア姉様、潰しても？」

「ん。許可する」

魔銃を肩に載せ、妖女の退路を遮断した白髪似非メイドが鷹揚に頷く。

【国崩し】達は……谷の向こう岸を覗くと煙幕に包まれていた。潰走したようだ。

眼鏡を直し、ハルが妖女へ通告する。

「詰みだ。《魔神の欠片》をお渡し。……そんな物に頼る前の君は、あれ程強かったじゃないか。今なら間に合う。喰われる前に――静流っ！」

転がっている砂礫の陰からボロボロの外套を羽織った男が現れ、妖女を奇襲した。

枯れた腕からして、老人のようだが……尋常な存在ではない。

ハルが咄嗟に黒雷を放つも短剣で弾き、間合いを殺し――一閃。

鮮血が飛び散り、妖女は左目を手で覆いながら後退した。

怨嗟の絶叫。

〈貴様ぁぁぁぁぁぁ……これが、目的だったのかぁぁぁぁ！！！〉

《魔神の欠片》を強奪した老人は逆に歓喜の叫びを轟かせた。

「手に入れたぞっ――！！！！　この成長した欠片と――【器】さえあれば」

男が呆然としているハルを、ハルだけを見た。

――底知れない憎悪。

「今の貴様ならば、この地でも、十二分に殺し得るっ――！！！！」

「……寝言は寝て言え」「……主様への侮蔑、死に値します」

この場にいる人間で、最も苛烈なエルミアとアザミが、混乱している私達を後目に容赦なく【千射】と植物の津波を放つ。

――老人の口元が嘲弄に歪んだ。

周囲一帯が光弾に吹き飛ばされ、植物に【万鬼夜行】も飲み込まれていくのが見えた。

これだけの攻撃、生きていられるとは思えないけれど……。

ラカンが険しい顔になった。

「……影を渡ったのである」

「影を？　じゃあ、あいつは黒外套達の」「違う」

ハルが私の言葉を遮った。

「全員、急いで宮殿へ。彼の目的は――ルゼだ！」

＊

《魔神の欠片》を奪った老人を追い、私達は宮殿へ急ぎ舞い戻った。

ハルが支援魔法をかけてくれているので、身体は羽のように軽い。

石橋にまで辿り着き――私とタチアナは息を呑んだ。

「これは……」「酷い……」

勇敢に抵抗したのだろう。石橋の上には血塗れの兵士達が倒れていた。

宮殿内からは怒号と悲鳴。戦略結界が崩壊している⁉

ハルが辛うじて息をしている兵士達へ治癒魔法をかけ、指示を出す。

「スグリ、アザミ。二人は怪我人の治療と退避に専念しておくれ」

「お師匠！」「……主様、御言葉ですが」

「治癒魔法と広域魔法に長けた君達が最適だ。レーベは当分起きない」

「スグリ、戦場での師の命は絶対である」「アザミ、言うことを聞け」

ハル、ラカン、エルミアが有無を言わさぬ口調で断じる。

髪を弄りながら不承不承といった様子で、スグリは頷いた。

「……はい」「……主様、せめてこれを」

アザミが恭しく何かを差し出す。

以前、辺境都市の廃教会で見た花の紋様が施された紙だ。

「地下に『仕掛け』を施しておきました。お使いください」

「……ありがとう。さ、行っておくれ。エルミア、ラカン、先行を」

「「はいっ！」」「ん」「先陣は武人の華！　渡せぬっ‼」

四人が呼応、跳躍し視界から消えた。

早くも兵士達が水濠から出現した植物の根に運ばれていく。アザミの魔法だ。

ハルは申し訳なさそうに、金髪の美少女へ話しかけた。

「タチアナ、西都から来てくれたんだね？　緊急事態なんだ。力を貸してほしい」

「お気になさらないでください♪　あ、レベッカさん、これ、ルナさんからです」

タチアナが背負っていた布袋を私へ手渡してきた。紐を取り、中身を取り出す。

──純白の鞘に納められた魔剣。

「光龍の剣です☆　ハルさんの御依頼だそうですよ？」

「！　ハ、ハル⁉」

光龍は龍種の中でも稀少。

普通の国なら──『聖剣』扱いされてもおかしくない。

青年が私達を促した。

「双剣の方が魔法剣の形態変化には良い──僕等も行こう！」

「ええ！」「はいっ！」


正門を潜り抜け、宮殿内を奥へ奥へと向かっていく。

老人とルゼの魔力は……駄目ね。感じられない。

やがて、アーチ形の石廊を通り抜け、噴水のある広場に出た。

戦闘があったのか、破損し……零れた水が血に染まっている。

そこでは、見知った少女が一人泣きながら必死に兵士達へ治癒魔法をかけていた。

「ルビー⁉」

「！　レベッカさん！　ハルさん！　ルゼ姉様が……ベリトは私を守って……」

私達は駆け寄り、しゃがみ込んで兵士達に治癒魔法を発動。

この傷口……恐ろしい技量の剣士の一撃ね。

タチアナが小さく零す。「こんな傷……迷宮都市でも見たことありません」

私は兵士達の血で服を汚している少女へ、状況を尋ねようとし――

「「！」」

奥の壁が吹き飛び、先行した筈のラカンとエルミアが飛び出して来た。

信じ難いことに二人共、負傷している。

次いで、白い少女達が周囲の屋根へと着地。

白目。長い銀髪に白服。剣持ちが三名。槍持ちは三名。

この魔力……レーベに似ている。

ハルが立ち上がり、苦々し気に呟く。

「……【意志ある武具】六名同時顕現とは。エルミア、ラカン？」

「ルゼ本人に意識はない」「あの老人が無理矢理『起こした』ようだっ！」

「無意識の防衛本能か……強い魔力を持つ相手を襲っている。厄介だ」

アザミの植物が伸びてきて、治療の終わった兵士達を包み込み後退していく。

白い少女達はそれに反応せず、私達から視線を外そうとしない。

複数の魔法を紡ぎながら、ハルが王女に命じた。

「ルビー、君は宮殿から脱出し、外で指揮を。ルゼのことは僕達に任せておくれ」

「で、でも……」

黒髪眼鏡の青年が、涙を瞳に溜めた少女へ微笑みかける。

「その悔しさを忘れないように。そうすれば――君は必ず強くなれる」

「…………はいっ」

王女は涙を拭い、石廊へと駆けて行く。

白い少女達が反応し、屋根から飛び降りるも――半数がラカンの打撃をまともに受け、石壁に叩きつけられる。

「三体は引き受けるのであるっ！」「六体全部やれ」

冷たく言い放ちながら、エルミアが残り三体の少女へ魔弾を速射。

屋根に激突し、瓦礫が飛び散った。私とタチアナも剣を抜き放つ。

狙い違わず全弾直撃！

ハルは何時になく険しい顔になっている。

瓦礫を吹き飛ばし、白い少女達が出て来た。傷一つない。

エルミアとラカンの攻撃を受けて無傷？　あり得ないっ！

戦慄していると少女達の輪郭がぼやけ、唐突に消えた。

直後――

「「！」」

迷宮都市で遭遇した【勇者】の幻影。帝都でその片鱗を味わった【魔女】や【銀氷の獣】すらも上回る魔力が宮殿奥から噴出。

こ、これって……⁉

「…………」

私達が戸惑う中、ハルは険しい顔のまま宮殿奥への歩みを再開した。

謁見の間で私達を待っていたのは、あの老人だった。

脇の柱には、軽鎧を血に染めた近衛隊隊長のベリトが固く目を閉じ、背を預け荒い息をしている。

老人はハルを見た途端、唇を歪め、嘲ってきた。

「おやおや、遅い到着だなぁ、【黒禍】殿？　随分と衰えたものだ。《魔神の欠片》は、【器】に吸収させたぞ。残念だが――手遅れだっ！」

「………殺す」「聞き捨てならぬっ！」

エルミアとラカンが殺気を放つも、ハルはそれを手で制した。

静かな……とても静かな問いかけ。

「……問おう。何故だい？　何故今更、こんなことを……？」

そこに込められた意味を、今の私は理解出来ない。

だけど……ハルが心底悲しんでいるのは分かる。

「『何故』か？　――愚問だな」

フードの下から覗く、老人の瞳が狂気の光を宿した。

凄まじいまでの怨嗟の言葉が吐き出される。

「この世界をっ！　貴様をっ！　今度こそ滅ぼす為だっ‼　二百年前は失敗した。【全知】を……あの軟弱者を信じた、我が身の愚昧さを呪わぬ日は一日たりともなかったわっ！　まぁ、奴の遺した馬鹿共の中にも多少は使える者が――おっと、お姫様がお目覚めのようだぞ？　すぐにでも殺さなかった、自らの甘さを呪うがいいっ！！！！」

足音と共に、奥の廊下から一人の女性が姿を現した。

長い茶黒髪に褐色肌。白の民族衣装。両手には魔剣と魔槍。瞳に光はなく虚ろ。

心臓部分が明滅し、その都度、爆発的に魔力が増大していく。

――【四剣四槍】ルゼ・ルーミリア。

老人の大哄笑。

「さぁ、どうする？　今回も『世界の為』と言って見殺しにするのか？　あの時の……二百年前のアキのようにっ！！！！！　じゃあな、偽善者。精々苦しむがいい」

「待てっ！　冬夜っ！！！！！」

ハルの制止も聞かず、老人の姿が唐突に掻き消えた。

……『トウヤ』。

『大崩壊』を引き起こした大罪人の一人、六英雄【剣聖】の名前。

でも、彼は人と伝わる。二百年を生き延びられるのだろうか……？

エルミアもまた目を見開く。

「……嘘。完璧な渡影が出来る人なんて」「来るのであるっ！」

ルゼが魔剣と魔槍を大きく広げるように構えていくと、髪の先が少しずつ白銀に染まり、肌もまた雪のように白くなっていく。

ハルが、ふっ、と息を吐いた。

「……こうなっては仕方ないね」

眼鏡を外し、目を閉じる。重傷のベリトの姿が掻き消えた。ハルの転移魔法だ。

青年は黒髪を掻き上げ眼鏡を仕舞い――私達へ命じた。口調もガラリと変わる。

「エルミア、ラカン、レベッカ、タチアナ、緊急事態だ。本気でやる。彼女を殺すな」

「――了解」「おおっ！」「……へっ？　あ、うん……」「わ、分かりました……」

エルミアとラカンは嬉しそうに応じ、私とタチアナは青年にドギマギ。

眼光を鋭くしたハルが無造作に左手を振る。

――微かな鈴の音。

漆黒の剣光と共に、迷宮都市で見た美しき魔短刀【盛者必衰】が出現した。

剣身が漆黒の闇を纏い、謁見の間全体にハルの黒紫電が飛び交う。

対して、ルゼは未だ動かず。魔剣と魔槍を広げていく度、髪と肌が変わっていく。

同時に――三本の魔剣と三条の魔槍が虚空に現れ始めた。

【四剣四槍】、本気の戦闘態勢ってことね。

エルミアとラカンがハルへ意見を具申。

「……ハル、これは無理」「最早【半神】なのである。本体を殺す他なしっ！」

「駄目だ」

姉弟子と兄弟子の訴えを、私のお師匠様は有無を言わさぬ口調で却下した。

右手を伸ばすと、虚空が歪んでいく。

「《魔神の欠片(かけら)》と【白夜道程(びゃくやどうてい)】を埋め込む際、俺はルゼに約束をした。『必ず生かしてみせる』と。そして——……彼女はそれを信じた。信じてくれた。多少なりとはいえ、俺の過去を知った上でだ。『関係ない。私は、私の目を信じる』と」

ハルが右手を強く握り締めた。魔力が凝縮していく。

「約束を果たさないのは男が廃る。かつてアーサーに教えてもらった。第一、年下の子供を殺して生き残るなぞ……先に逝(い)った戦友達へ説明出来ない。説教はごめんだな。嫌なら逃げろ。こんな馬鹿の意地に付き合わなくていい」

「……っ」

「くっくっくっ……いいのであるっ！　それでこそ……それでこそっ、我が師っ‼　吾輩(わがはい)——この戦い、乗ったのであるっ‼」

エルミアは唇を噛(か)み、ラカンは愉快そうに呵呵大笑(かかたいしょう)。

ドクン。心臓が大きく跳ねた。ハ、ハルって……こ、こんな顔もするんだ……。

隣のタチアナも大きな瞳をパチクリしている。多分、私もそうなのだろう。

ルゼの魔剣と魔槍が動きを止めた。

身体を前に倒していくと、宙に浮かぶ魔剣と魔槍も回転。刃を煌めかせる。

信じられない程の魔力……それぞれがレーベに匹敵している。

ハルが私達を見た。その瞳は普段通りとても優しい。

「レベッカとタチアナも、抜けるなら今だ。ルゼの才は、俺の【目】で見ても過去生まれてきた全人類の白眉。理外の存在だった【六英雄】達に匹敵する。殺さずに止めるのは至難だ。侵食が進めば――【魔神】を降臨させるに十二分に足る。そうなれば」

「断固！」「拒否します！」

私は純白の鞘から光龍の剣を引き抜き、全力の【雷神化】。

タチアナも、【名も無き見えざる勇士の楯】を全力展開し、微笑んだ。

「ハル！　忘れたの？　私は貴方の【剣】なのよ？」

「ハルさん、私は貴方の【楯】なんですよ？　使って、もらわないと困ります！」

黒髪の青年が呆気に取られ――空間から、一気に漆黒の長刀を引き抜いた。

エルミアとラカンが目を見開く。「！」「【勇者】の遺刀【月虹】であるか！」。

「なら――手伝ってもらう。魔剣と魔槍は任せる！」

ハルがそう叫ぶと、各属性支援魔法が更に重ね掛けされた。

それを合図に——引き絞られた弓から矢が解き放たれるかのように、宙を浮かんでいた魔剣と魔槍が私達に襲い掛かってきた。衝撃で大理石が砕かれ、石柱に罅（ひび）が走っていく。

狙いは——ハル！

「させぬっ！」

真っ先にラカンが飛び出し、全力の左正拳突き。

一本の魔剣と一条の魔槍とぶつかり、激しい火花が飛び散る。

「ぬぅぅぅぅぅぅおおおおおっ！！！！！」

床の大理石を破損させつつも、拮抗（きっこう）。

すぐさま別の魔剣と魔槍がラカンを狙うも、一瞬で間合いを詰めたエルミアが心底不機嫌そうに、魔銃で剣身を吹き飛ばし頭上の魔槍と激突させた。

すぐさま跳躍し、後衛とはとても思えない追撃の蹴りを放ち、柱へめり込ませた。

私とタチアナも駆け出し、残りを迎撃！

双剣に魔力剣を発動させ交差。魔剣を受け止める。

「っ⁉」

恐ろしく…………重、い。

ハルの支援魔法を受けてもなお、力では対抗出来ない。

魔槍を【楯】で防いだタチアナも、半数以上を貫通され額から汗を流している。

超高速で飛翔する魔剣と魔槍と渡り合いながら、天井へ足をつけたエルミアが余裕のない悲鳴を発した。

「黒様っ！！！！」

直後、地面が大きく揺れた。

私の瞳で捉えられたのは――眩い閃光。

次いで、膨大な魔力同士がぶつかり合う、この世のものとは思えない音が響き渡った。

ハルの大小二刀とルゼの魔剣魔槍とがぶつかり合い、拮抗――互いを弾く。

瞬間、大気が萎み、反動で跳ね返る。堪え切れず私達は壁へ吹き飛ばされた。

「ちっ！」「ぬぅ！」「きゃっ」「レベッカさんっ！」

タチアナに手を引かれ、辛うじて叩きつけられずに済んだ。

私達の前に立つハルは唇の血を拭い、顔を顰める。

「……強い。侵食もあり得ない速度で進んでいる。そうか…………ルゼは、雪那と同じ

「時間がない」

冬夜が入れ込むわけだ。【血】を……【魔神】の末裔だったのか。

私達はその後の言葉を即座に理解する。

ラカンが牙を剝き出しに、エルミアが大声をあげた。

「血路は吾輩と！」「私が必ず開きます。レベッカ、タチアナは第二陣！」

「了解！」」

「……頼む。俺は「【盛者必衰】を使って侵食を喰いとめる」

ハルが黒短刀を逆手に持ち替えた。

前方では、ルゼが再び先程と同じ構え。髪は既に半ばまで白銀に染まっている。

白髪似非メイドが魔銃を抱き締めながら、普段と異なる丁寧な口調で応じた。

「——黒様の仰せのままに」

「おおぅっ！【神殺し】の短刀までもかっ！これは、久方ぶりの『激戦必至！待て、次号っ‼』というやつであるなっ！先陣は吾輩が貰い受けるっ！『閃』！」

ラカンが右手を前に出し気合と共に、咆哮。

炎属性の魔力と闘気が練り上げられ——姿が掻き消える。

「『颪』！！！！」

魔剣魔槍二口が紅蓮の炎に包み込まれ、残りは回避。

片膝をつき、桁違いの魔力を魔銃に込めているエルミアが冷静な指示。

「レベッカ、タチアナ」

私達は間髪容れずに駆け出した。

左右の魔剣に後先考えず魔力を込め、魔槍に向かって全力で振るう。

雷を無数の刃のように変化させ拘束！

「やりますねっ！　レベッカさんっ‼」

タチアナは十三枚の【楯】を自らの剣へ集め、ラカンに斬りかかる魔剣に叩きつけた。

光が魔剣を飲み込み後方の柱へ回転しながら突き刺さる。天井の一部も崩落。

「──ありがとう」

感謝の言葉が私達の耳朶を打ち、ハルが脇を通り抜けた。

今や完全に髪と肌を白銀に染めたルゼが犬歯を剝き出しに、彼を迎え撃たんとし、

『⁉』

両手の魔剣と魔槍が光閃によって砕かれ、体勢もまた崩れる。

──魔力を用いた狙撃の基本にして極致。エルミアの【一射】。

「少し痛いぞ、【四剣四槍】！」

ハルが黒き魔短刀をルゼの心臓へ突き立てようとし、

「⁉　っ！」

私達がそれぞれ喰いとめた筈の魔剣魔槍が集結し止められた。

まるで、生きているかのように一つになっていく。

唖然としていると、ふわり、とルゼの身体がハルごと浮かび上がった。

「黒様っ！！！！」「マ、マズイのであるっ！！！！」

エルミアとラカンが助けようと動き始め、衝撃が走った。

「きゃっ！」「くぅっ！」

魔力の暴風が吹き荒れ、窓の外に投げ出されてしまう。宮殿が砕けていく轟音。

地面に転がり、土煙が上がる中、双剣を支えに立ち上がると――

「え？」「そ、そんな……」

さっきまで壮麗な宮殿だった建物は崩壊し、瓦礫の山になっていた。

白髪とメイド服を汚したエルミアと道着を血で染めているラカン。

そして、苦衷に満ちた顔をしたハルが黒の大小刀を持ち、山の頂点を見つめている。

砂煙の中から――おどろおどろしい女の大咆哮が轟いた。

『オオオオオ！　我、蘇エレリ。コンドコソコノ世界ヲ滅ボサン！！！！！！』

一気に土煙が晴れ――私達は息を呑んだ。

そこにいたのは人ではなかった。

腰まで伸びた白銀の長髪。肌も雪のように白い。

瞳と身に着けた衣装もどういう原理なのか、紅に染まり、両手には紅と白と黒が交じり合った、禍々しい巨大な魔剣と魔槍。

何より恐ろしいのは――……底知れない憤怒の魔力。

タチアナが震える声で零す。

「……【魔神】？」

臆しそうになる自分を叱咤。私はハルの【剣】なんだから！

ラカンが髭を震わせながら、指摘する。

「師よ……洒落にならぬぞ」

「好きだろう？　これより先は死戦ってやつ、さ」

ハルは兄弟子へ軽口を叩き、黒刀を振った。

斬撃は狙い違わず、ルゼだった存在を直撃するも、魔剣で簡単に防がれる。

【魔神】が口を開いた。

『……コノ悍しい魔力。ソシテ――コノ身体ハ雪那ノ……？　カワイイ、カワイイ、ワガ愛シ子。キサマガ、キサマラガ殺シタッッ！！！！』


瓦礫を吹き飛ばす怒声と紅銀の暴風。

飛んでくる瓦礫をタチアアの【楯】が防いでくれる。

……次元が、違う……。

ハルがアザミの紙を空中に放り投げた。

『!?』

地面から、植物の根が出現し【魔神】を拘束。一時的に閉じ込めていく。

威力、規模からいって戦略超級魔法。こんなモノを宮殿の地下に仕込んでいたの！

「時間稼ぎだ……さて」

振り向いたハルの瞳で察する。この人は私達を退かせる気だ。

口を開く前に、姉弟子が白髪を振り乱して激しく拒絶する。

「――……嫌です」

「エルミア。相手は完全体じゃなくとも【魔神】。しかも、【神器】持ちだ。その意味……

お前なら理解出来るだろう？」

「そんなの知らない。関係ないっ！」

詰め寄り、初めて見る激情の表情で黒髪の青年を乱打する。

「貴方が死ぬなら、私も死にます。貴方のいない世界に意味なんてありません。世界中歩いたけれど、そんなものは何処にも、何処にもなかった！！！！――……要は」

エルミアの瞳に凄まじいまでの決意と戦意が漲った。口調も普段のそれに立ち戻る。

「あの未だにいじけている神をぶっ倒せば済む。簡単。そこのにゃんわん同盟も同意見の筈。というか、同じ意見にしろ」

「なっ！　だ、誰が『にゃん』よっ！」「わ、私、わんこじゃありませんっ！」

私とタチアナは反論するも――何だか嬉しくなってしまい、にやける。

ハルが嘆息し、首を振った。

「……育て方を誤ったんだろうか。ラカン、どう思う？」

「最初からなのであるっ！　――吾輩と姉弟子、そして師が死力を尽くせば」

「救える確率は一割弱といったところだ。悪い賭けじゃない――来るぞ」

紅閃が走り、植物が断ち切られた。

――ゆっくりと、【魔神】が浮かび上がってくる。

エルミアがすぐさま【千射】。ラカンも気闘術を全開にして機動。

襲い掛かる光弾の嵐を、【魔神】は右手の魔剣で無造作に薙いだ。上空の雲が四散。

その間に距離を詰めたラカンが大跳躍し、左足蹴り。

「『雷電』――！！！」

【魔神】は魔槍で迎撃し激突。

火花と衝撃が満ち――ハルの斬撃を躱す為、後退。

黒髪の青年が斬撃を放ち、それを魔剣で受け止めた【魔神】が怒りの絶叫。

『キサマキサマキサマァァァ！！！』

「……その子は雪那じゃない。あの子は死んだ。【銀嶺の地】で死んだんだっ！　ルゼの身体は返してもらうっ‼」

「吾輩を忘れてもらっては困るのであるっ！」「とっとと眠れっ！」

『っ！』

ラカンが【魔神】に接近戦を挑み、エルミアが容赦のない射撃。

ハルは斬撃で、反撃の隙を埋めていく。

余りにも速過ぎて……私とタチアナは介入出来ない。

けれど、三人は少しずつ確実に、神降りし英雄を追い詰めていく。

でも……何？　この胸騒ぎは……？

遂にラカンが体勢を崩した【魔神】を捕捉。

掌底で吹き飛ばし、全魔力と闘気を右足に集中。高く高く高く高く跳躍した。

「これぞ我が奥義が一つ！　『震・電』――――――――！」

虹色の光を放つ竜巻を纏い全力急降下！

ハルも双刀を広げ突撃。エルミアも【一射】の構え。

――【魔神】が無造作に魔剣と魔槍を振るった。

「「っ!?」」

私とタチアナは手で激突の衝撃を防御。

次の瞬間――耳が捉えたのは轟音と呻きだった。

目に映ったのは血塗れのラカンをハルが受け止め、額から血を流し粗く息を吐く信じ難い光景と、エルミアの驚いた表情。

魔剣と魔槍が形状変化し、血に濡れた紅銀の刃を広げている。

『…………獣ガ』

【魔神】は視線を落とし忌々しそうに抉れた脇腹を見やり、憎悪を剥き出しにした。

ラカンへ無数の治癒魔法をかけているハルへ、エルミアが指摘した。

「……『殺さず』は無理。強過ぎる」

黒髪の青年も賛嘆を零す。

「見誤った……潜在的な才能だけで言えば下位【六英雄】をも超えている。あの【紅刃】の嵐を掻い潜り、かつ止める……ラカン、受けてみてどうだ」

地面に降ろされた兄弟子が破れ、血に染まった右手足を見せる。

「まともに受ければ即死なのである。右手、右足を犠牲にした」

「……そうか。エルミア、レベッカ、タチアナ」

ハルが右手の【月虹】を消しながら、私達の名前を呼んだ。

「「「！」」」

——それぞれの瞳に《時詠》が宿る。

「ルゼを救う為には、【紅刃】を掻い潜り、全魔力を注いだ【盛者必衰】を胸に突き立てなければならない。だが、あそこまで顕現してしまった以上——」

エルミアが魔銃を、私は軽鎧を、タチアナは鞘を叩きながら応じる。

「ん。問題ない」「血路は開くわっ！」「任せてください」

黒髪の青年の願いを受け、私達は顔を見合わせ――破顔。何も怖くないわっ！

「先陣は譲れぬっ！！！！」

回復をしたラカンが裂帛の気合を発し、闘気が揺らめく。

地面を蹴り、真正面からの突撃。私とタチアナも後に続く。

『……馬鹿ガ』

【魔神】が侮蔑の表情で魔槍を振るった。

無数の刃が狙い違わずラカンへ襲い掛かり――貫き、消えた。幻影⁉

『？』「何処を見ているのであるっ！」

兄弟子は無数の幻影を生み出しながら、突撃を続行。その分、私達を狙う刃が減る。

幻影は次々と刃に貫かれ消えていくものの、遂に拳の射程圏内に到達した。

凄まじい魔力と闘気が右拳に集結。淡い紅花が舞う。

瓦礫を砕き、踏みしめ、ラカンが叫んだ。

「終の奥義！　【散花】――！！！！　喰らうがいいっ！！！！」

【魔神】は容赦なく魔槍を振り、大激突！

上空の雲が吹き飛び、地面と拳が割れ、大出血。ラカン自身も吐血した。

それを見て魔剣で止めを刺そうとするも、エルミアの【千槍】が叩きつけられる。

『……小賢シイ！』

【魔神】は、信じ難い魔法障壁で降り注ぐ槍を打ち砕きながら吐き捨てる。

この間に、私とタチアナも【刃】を潜り抜け、射程内に到達。

信じられない集中によるものか――《時詠》によって分厚い魔法障壁の『ほつれ』がはっきりと見える。タチアナへ目配せ。いくわよっ！

全魔力を剣に込め、その『ほつれ』へ私達は剣を振り下ろした！

「はぁぁぁぁぁぁぁぁ！！！！！！！！！！！！！！」

『！』

魔法障壁が崩壊しつつも、【魔神】は即座に反応。私達を魔剣で刻もうとし、

「隙だらけ」「むんっ！！！！！！！！！！！」

エルミアの全力の【一射】で半ばから折られ、ラカンもまた魔槍の柄へ残りの全魔力を込めた左正拳突きを放ち――砕いた。

【魔神】が初めて驚愕(きょうがく)。

『馬鹿ナッ⁉ 弱小ナル獣ガ、我ノ武具ヲ拳デ砕クダト！！？』

「我が拳に砕けぬモノなど、この世に余りないのであるっ‼」

「「ハル！」」

「……皆、ありがとう。本当にありがとう」

黒髪の青年は静かに私達へ感謝を告げ——最後の突撃。

【魔神】が魔力を全身から放出させた。

『舐(な)メルナァァァァ！！！！！！！！！！』

「「「っ⁉」」」

近くにいた私達の身体が浮き、別方向に弾(はじ)かれ瓦礫(がれき)に叩きつけられた。まずいっ！

それでも——ハルはこの間に【魔神】への接近を果たし終えていた。

「久方ぶりに出てきてもらったところ悪いが、ここで退場だ」

『負ケヌッ！ モウ、我ハ貴様ニ、貴様(きさま)達ニハ負ケ、！ コ、コレハ⁉』

魔槍を投げ捨て、魔剣を振るおうとした右手に地面から植物の根が伸び、拘束した。

「神風情が……主様(あるじさま)の邪魔をするなど片腹痛い！」

着物姿で高下駄(たかげた)を履いている少女――アザミが辛(かろ)うじて残っていた宮殿石廊の上に立ち、冷たく言い放つ。

絶妙な機の横槍(よこやり)を受け、【盛者必衰】が【魔神】の心臓へと突き立てられる。

『負ケルモノカァァァァァ！！！！！！！！！！！！！』

【魔神】は折れた魔剣に真紅の魔力を集め、ハルを貫かん、と突きを放った。

そんな見え見えの突き、当たると本気で思って――……え!?

「「ハルっ――！！！！！」」「ハルさん!?」「むぅ!?」「主様っ！！！！！！」

――黒髪の育成者は魔剣で右肩を貫かれていた。

鮮血が瓦礫と地面を染めていく。

な、何で？　ハルなら、平然と躱せた筈(はず)なのに!?

【魔神】が白銀髪を逆立たせ、苛立(いらだ)たしそうに叫んだ。

『……キサマ、ドウシテ、躱サナカッタッ！』

「さぁな。強いて言えば……古い戦友への感傷だ。なぁ？　俺達は何処で間違えたんだ？

お前や雪那と袂を分かった時か？　それとも、アキ達とお前との戦争を止めなかった時か？　いや、もう全て終わった話か……その子は返してもらうぞ！」

溢れる血に反応すら示さず、ハルは寂しそうに問いかけ、短刀を更に深く【魔神】の胸へと突き立てていく。

漆黒の刀身が、まるで水面へ落ちるかのように沈んでいき――荒れ狂っていた紅銀の魔力が静謐な白銀へ変化。重苦しい魔力が薄れ、魔剣と魔槍も消失した。

ハルの肩からは依然として大出血。白銀の世界を彼の血だけが紅く染めていく。

【魔神】が黒髪の青年を見つめ――最期の侮蔑。

「……そんなこと、知るか。最早分かるものか。とっとと死ね。いや…………精々足掻いて、足掻いて、足掻いて、この世界の行く末を見届けて、死ねっ！　それでもなお、貴様が生き続けるのならば、今度会った時には惨たらしく――私が殺してやる」

「……手厳しいね。何れまた」

【魔神】はニヤリと笑い――完全に消失した。

糸の切れた人形のように、倒れそうになったルゼをハルが受け止める。

「ハル！」「主様っ！」

真っ先にエルミアとアザミが駆け寄り、超級規模の治癒魔法を発動した。

しまった！　出遅れたっ!!

タチアナと一緒に歯噛みしていると、ハルはルゼを膝上に寝かせ、左手で小さな眼鏡を取り出しかけた。普段の口調で姉弟子達を窘める。

「……エルミア、アザミ、慌て過ぎだよ。ラカン、助かった。レベッカ、タチアナもありがとう。凄い成長速度だ。びっくりしたよ」

「うん……」「いえ……」

突然、褒められ照れてしまう。……えへへ。

ラカンが腕組みをし、質問した。

「……師よ、最後の一撃……何故受けられた？」

中々埋まっていかない左手の傷痕に目を落とした後、ハルは空を見上げた。

スグリの魔力が近づいて来ているのが分かる。怒っているようだ。

「……僕の親友が言っていた。『罪を償う。その心を忘れないのが重要だと思うのよ』と。今回、【彼女】は強制的に眠りから起こされただけだ。これくらいはね」

「ああ……分かる気がするのである」

「馬鹿猫、感傷に浸るな！」「……主様の御身体とは到底釣り合いません」

エルミアが弟弟子を怒り、アザミもハルを責める。

黒髪眼鏡の育成者さんは素直に謝罪。膝上の女王様が少し動いた。……む。

「ごめんよ。ただ、ルゼも死なせず、世界も滅びなかった。悪くない結果だ。さて――」

ハルが既に意識を取り戻している女性へ話しかけた。

長い白銀髪と雪のように白い肌はそのままだ。

「正しく――『死の淵』から戻った気分はどうだい？」

目を開け、呻くように生き延びた英雄様は返答した。

「………人生最悪の二日酔いをした気分だ。だが、悪くない……。まぁ、その……何だ？　お前達に迷惑をかけた分は、返すつもりではいるぞ、うん」

# エピローグ

「みんな、みんな、酷いっすっ！　私達だけ除け者にするなんて……こんな悪逆非道、許されないっすっ‼　ですよね？　レーベちゃん！」

「マスターもママも、タチアナもエルミアもズルい……スグリだけがみかた！」

「えーっと……」「レ、レーベちゃん……」


激戦を終えたその日の夜。

宮殿内の一室をルゼから提供された私達は、天蓋付きのベッドを二人で占拠し、クッションと枕で陣地を構築し、頰を膨らまし拗ねている姉弟子と幼女を宥めていた。

お茶を淹れることすらも禁止され、椅子に座っているハルが書簡から目を外し、苦笑。

後方ではアザミが無言で右肩に治癒魔法を延々とかけ続けている。

ラカンを引き連れ、破壊された瓦礫の撤去作業でいないエルミア曰く、

『あの子は、止めても絶対に聞かない』

　ハルが二人へ話しかけた。

「スグリ、レーベ、そろそろ機嫌を直しておくれ」

「だってぇ……」「う～！」

　狐族(きつねぞく)の少女と幼女が、渋々クッションを幾つか外した。

　黒髪眼鏡の青年が懐柔を始める。

「スグリとアザミが宮殿内の人々を治癒して、退避させてくれたから、僕達は全力で戦えたんだ。ありがとう」

「お、お師匠……」「勿体(もったい)ない御言葉です」

　狐族姉弟子が獣耳と尻尾を大きくし照れ、着物姿の少女は一見冷静だが……治癒魔法の精度が向上した。効果は抜群みたいね。

「レーベもだよ？　その前にルゼを助けてくれたよね？」

「マスター……レーベ、偉い？」

「とっても偉いよ」

「……えへへ～♪」

　幼女は顔を綻ばせ、クッションに顔を埋(うず)めた。可愛(かわい)い。

　大きな足音がし、ルゼが部屋に入って来た。肌も伸びた長い髪も戻っていない。

手にはティーポットやお菓子の載ったトレイを持っている。

死にかけていたのに……元気になり過ぎなんじゃない？

「待たせた！　戦後処理のあれこれがあってな。ルビー達には『休んでくださいっ！』と言われたが……心配性な妹と部下達を持つと厄介だ」

そう言うとルゼは、長い白銀髪を靡かせ当たり前のようにハルの前へ座った。

「「……………」」

私とタチアナ、そして、アザミの眉が動く。

平静を装い、私は当たり障りのないことを質問した。

「……瞳も髪も戻らないのね」

「どういう原理かは分からんがな。ハルは長い髪と短い髪、どちらが好みなのだ？」

「僕はどちらかと言うと長い方かな」

「そうか。ならば切らずにおくとしよう」

「「…………」」

私は最初にタチアナ、次いでアザミへ目配せ。……要警戒、ね。

そんな密約に気付かず、ルゼは慣れた動作でお茶を淹れ始めた。

私とタチアナは目をパチクリ。ハルも驚いてる。

アザミが小さく「……私の方がずっと上手く淹れられるのに……」。

白銀髪の美女は、それぞれのカップへお茶を注ぎながら、淡々と零した。

「……昔、妹達によく淹れてやっていたのだ。飲むがいい。ああ、毒は入っておらん」

際どい冗談を口にし、ルゼはまずハルへカップを差し出した。

黒髪眼鏡の青年が【魔神】の剣をまともに受けた右手を動かそうとし、

「ハルぅ？」「ハルさぁん？」「……主様、いけません」

「…………スグリ」

「無理っす。あと、私とレーベちゃんも同意見っす！」「マスター、めー」

私達から一斉に非難を受けがくり。ハルは渋々左手でカップを受け取った。

「……女王陛下のお茶と思うと、後が怖いね」

「はんっ！【魔神】とまともにやり合った男の言葉とは思えぬわ。お主等も飲め。レーベ、菓子もあるぞ」

「おかしー♪」

ルゼがハルの言葉を一蹴。

そのしなやかな身体から発せられる空気……この女王様、英傑だわ。

カップを受け取っていると、レーベが私の膝上に乗って来た。

タチアナが幾つか菓子を小皿へ取り分け、スグリは呪符でカップを浮かせベッドの上へ。

横着な姉弟子ね。

なお、アザミは一歩も動かず、ハルに治癒魔法をかけ続けている。『仮想敵』からの施しは受けないらしい。他の姉弟子、兄弟子達に言われている程、酷い子じゃないと思う。

何となくだけど、気も合っているし？

アザミを除く全員分のお茶を淹れ終えると、ルゼはおもむろにその場で立ち上がり、深々と頭を下げてきた。

「――此度(こたび)の件、心から感謝している。妹達、多くの兵、我が民を救ってくれたことを、ルゼ・ルーミリアは生涯忘れぬ」

必要ならば頭を下げられる女王、か……。

私は故国の責任逃れしかしない指導者層を思い出し、砂糖菓子を口に放り込んだ。

思い立ち、アザミにも幾つか放る。

すると、年下の姉弟子は手を使わず器用に口を開け食べた。

目でお礼を言ってきたので、気にしないで、と返す。

それを見ていたタチアナとスグリが口元を押さえ――同時に手を叩(たた)いて得心した。

「ああ！　なるほどっす！」

「うふふ♪　レベッカさん、エルミアさんと凄く仲良しさんですから」

……含みを感じるわね。

べ、別にあんな白髪似非メイドと仲良くなんかないし！

ハルが顔を上げたルゼへ頭を振る。

「僕は何もしていないよ。偶々この国へやって来たら、【魔神】と戦う羽目になっただけさ。……『勇者』の行方、同盟と女神教の関係については至急調べてほしいけどね」

「――既に同盟の大使から面会要請が来ておる」

青年の眼鏡が妖しく光った。

「ああ……それは良いね」

「ああ……とても、良い」

「「ふふふ……」」

ハルとルゼが分かり合い、笑い出した。どういう意味？

タチアナが私へ耳を寄せた。

「（ルーミリア女王国と自由都市同盟は、表向き協力関係にあった筈なので、呪殺されそうになっていたことを交渉材料にして、情報を引き出すつもりなんじゃないかと）」

「（あ、なるほどね）」

レーベが移動し、今度はタチアナの膝上へ。御満悦でお菓子を頬張っている。

アザミが、じーっと見て来たので、再び砂糖菓子を放りながら師へ聞く。

「ハル、この後、どうするの？　女神教が暗躍していたのは分かったし、《魔神の欠片》も——想定外だったけど、回収出来た。【国崩し】【万鬼夜行】を追うの？」

スグリの偵察によると、恐るべき【十傑】達は戦場を離脱。生き延びたらしい。

【国崩し】に至っては落伍者すらも収容したそうだ。

敗走する中で統制を保つなんて……伊達じゃないわね。

「此方の大陸はルゼに任せよう。僕達は帝都へ。カサンドラから手紙が届いた。三列強首脳会談の日程と場所が決定したらしい」

テーブルの上の書簡に書かれている場所は……レナント王国王都。私の故郷だ。

ハルが真剣な顔になる。

「朧気に絵は見えてきた。【全知】の遺児を名乗る黒外套達は、世界へ復讐する為、《魔神の欠片》や《女神の遺灰》を集めている。そして、それとは別に女神教が蠢き……裏には、大英雄【剣聖】三日月冬夜。【国崩し】達を呼び込んだのも彼の差し金だろう。【全知】は女神教を嫌っていたから、両者が協力関係とは思えないけれど……どちらも世界にとって大脅威だ。ただ、如何に大英雄とはいえ、陰謀の規模が度を過ぎている。相当な実力の協力者がいると考えるべきだ。……次の【魔神】はルゼに相手をしてもらおう」

私とタチアナは顔を顰めた。

あの死戦場で私達が生き残れたのはハルの支援と、【千射】【拳聖】という、恐るべき実力者が身体を張ってくれたからに過ぎない。

……これから先も更なる激戦が待つ、か。

ルゼは長くしなやかな足を組み、テーブルへ頬杖をついた。

妖艶な色気を発しながら、あっさり答える。

「良いぞ。お前がそう言うならば倒してやろう。今の私は、大概の神にも負けぬ」

「「…………」」「あ～……その台詞、兄貴の前では禁止でお願いするっす」

私達は今晩何度目か分からない沈黙を選択し、スグリは指を立てルゼへ釘を刺す。

ハルがお茶を飲み、肩を竦めた。

「……《魔神の欠片》と【白夜道程】はもう君の身体の一部になってしまった。回収は出来ない。馴染むまで無理は禁物だよ?」

「分かっておる。【国崩し】共と決着をつけ、国が安定したその後は妹達に国を譲り、暫く世界を放浪しようと思う。この身体では早々死ねまい？　百年か、二百年か……。何処その僻地に新しい国を作ってもよいかも知れぬな。その時は――」

頬を薄っすら染めたルゼが極々自然な動作で腕を伸ばし、ハルの頬に触れる。

「こんな身体にした責任を取ってくれるのだろうな——育成者殿?」

「「「…………………うふ♪」」」「う、うわぁ……レーベちゃん、レーベちゃん!」

私達は微笑み各々魔法を紡ぎ始め、顔を引き攣らせたスグリが幼女を呼んだ。

ハルは困り顔になり、何事かを答えようとし、

「……浮気は大罪」「ぬぉっ!? 修羅場であるかっ!」

丁度、エルミアとラカンが戻って来て、状況は更に混沌と化す。

私はタチアナ、アザミ、そしてエルミアと目を合わせ、

「「「絶対にあげないっ!!!!!」」」

半神とも言える存在となった、英雄様へ挑みかかった!

## ロートリンゲン帝国帝都　処刑の丘　【剣聖】三日月冬夜

生涯で何万回目になるか分からぬ、【勇者】への祈りを記念碑に捧げ、儂は杖をつき立ち上がった。

空には三日月が浮かび、眼下には帝都の夜景。

秋を殺すことで、手に入れた愚民共の安寧がはっきりと見て取れてしまい、憎悪が腸でのたうち回る。

この世界の全てが憎らしい。『初めて来た』時から大嫌いだった。

祈りが終わるまで、静かに佇んでいた男へ確認する。

儂と【全知】の外套を真似て作った黒外套のせいで、表情は見えぬ。

「そうか……三列強首脳会談はレナント王国の王都か」

「はい。同時に十大財閥当主会談を行われるとか」

「【黒禍】の入れ知恵よ。忌々しい」

「…………」

男は儂の怒りを察知し、沈黙した。微かに身体が震えている。

精神が惰弱なところは【全知】と確かによく似ておるわな。

「だが――喜べ、ユサル。帝都での実験に続き、【四剣四槍】を用いた実験も成功した」

「！　真ですか⁉」

がばっと、男――【全知】の長男を自称するユサルが顔を上げた。

表情には溢れんばかりの希望。

かつて戦場でよく見た。例外なく全員死んだが。

「では……では、トウヤ様の理論の正しさが立証された……と？」

「うむ」

儂はユサルの肩に手を置いた。身体の震えが大きくなる。

「お前には、妹弟達を騙させる形で《魔神の欠片》《女神の遺灰》の回収をさせ、辛い想いをさせておる。帝国の『勇者』を運んでいた船の襲撃が行き違いとなったのはまるで喜劇ぞ。が、幸いにも魔神大陸でお前の弟と妹に会うことはなかった。此方へ戻る最中なのであろう。どうあれ、【銀氷の獣】に続き【魔神】顕現は成った。何れ必ず」

重々しく宣告する。

「――【女神】再臨も果たせよう」

ユサルの瞳に力が宿った。まるで人間そのもの。

【全知の人形】はどれもよく出来ておるわ。

「全ては父と貴方様の名誉を回復し、【黒禍】に討たれた無念を晴らす為。妹弟達は、一時的とはいえ父の仇である女神教と組むのを飲みますまい。何より――貴方様までも、歯を食い縛り女神教と手を組まれているのです」

儂はわざと顔を歪ませ、沈痛な面持ちを作る。

「……苦労をかけるの。では、王都で会おう」

「はっ！」

ユサルが未熟な渡影の技で姿を消した。

……『女神教と手を組む』のぉ。

儂は懐から、長年探し続けていた【全知】の最高傑作【偽影の小瓶】を取り出した。

ユマという名の人形が持っているとは思わなんだわ。

予備の『勇者』と《魔神の欠片》の半片は回収出来なかったが……十分。

「くっくっくっくっ…………フッハッハッハッハッ！！！！！！！」

くぐもった哄笑が響く。

所詮、愚者の創り出した存在よ。愚かに過ぎる。

女神教の中枢なぞ、とうの昔に儂が殺し尽くし、乗っ取っているというのにっ！

闇の中に人ならぬ者の気配。

「随分ト、上機嫌ダナ？」「…………」

聞き取り難い大陸共用語に顔を顰める。

月灯りの下――儂の前に巨軀の男と小柄な少女が現れた。

頭にはそれぞれ六本と八本の角。背では蜥蜴の尻尾が揺れている。

――内在するは、人の身では到達し得ない魔力。

「ああ……上機嫌だとも。全ては計画通りに進んでおるっ！」

今更臆することもなく、言い放つ。

「儂は二百年……二百年、待ったのだっ！　今度こそ、勝手に呼んだ挙句、秋と儂等を使い捨てたこんな世界、必ず……必ず滅ぼしてみせるっ!!!　その後は――」

何の感情も映さぬ澄んだ瞳を向けてきた、【龍神】の使者へ吐き捨てる。

「貴殿等の好きにすればいい。龍の世界にしても……儂は止めぬ」

「イト高キ所ニオワス御方ノ御心ノママニ」「…………」

男と少女はそれだけを告げ、羽を広げ——飛び立った。

儂もまた、独り歩き出す。

王都で必ずあの男を、秋を殺した【黒禍】を殺すっ！　殺してみせるっ‼

そうしたならば——……立ち止まり、三日月を見上げる。

「全てを終えた後、儂もそちらへ逝く。待っていてくれ——秋」

独白は冷たい夜風に紛れ、跡形もなく消え去った。

# あとがき

五ヶ月ぶりの御挨拶、お久しぶりです、七野りくです。

『辺境』も五巻までやって来ました。

……何とか出せて良かったぁ。

六巻も出せればいいのですが。

本作はWEB小説サイト『カクヨム』で連載中のものに、九割程度加筆したものです。

うん。何時も通りですね。何もおかしなことはありません。


内容について。

ようやく書けた、二足歩行格闘猫。

彼は教え子達の中でも派手に暴れがちで、後世の史書にも名前を残しています。

また、しばしば実力の片鱗を見せていた白髪似非メイドが、その恐るべき本領を発揮しています。

彼女の過去は凄惨で……救いも殆どありません。

性格も、今とは大きく異なります。
だからこそ——ハルを心から大切に想っています。
我等が姉弟子の活躍、本編でお確かめ下さい。
なお、作者的には【国崩し】さんが結構好きです。

はい、宣伝です。
『公女殿下の家庭教師』、先々月に最新十巻が発売されました。
今巻も『公女』→『辺境』と読むと、より面白いので是非是非。
『辺境』コミック第二巻も今春発売とのこと。各キャラ可愛いのです。

お世話になった方々へ謝辞を。
担当編集様、今巻も大変御迷惑をおかけしました。難しかったですね。
福きつね先生、ラカン、スグリ、ルゼ、完璧です！
ここまで読んで下さった全ての読者様にめいっぱいの感謝を。
また、お会い出来るのを楽しみにしています。六巻出せれば、勇者を殺したものです。

七野りく

お便りはこちらまで

〒一〇二‐八一七七
ファンタジア文庫編集部気付
七野りく（様）宛
福きつね（様）宛

# 辺境都市の育成者（へんきょうとしのいくせいしゃ）5

## 神降りし英雄（かみおりしえいゆう）

令和４年１月20日　初版発行

著者――七野（ななの）りく

発行者――青柳昌行

発　行――株式会社KADOKAWA
〒102-8177
東京都千代田区富士見2-13-3
0570-002-301（ナビダイヤル）

印刷所――株式会社暁印刷

製本所――本間製本株式会社



ISBN978-4-04-074332-5 C0193　◇◇◇

これは世界を救う

久遠崎彩禍。三〇〇時間に一度、滅亡の危機を迎える世界を救い続けてきた最強の魔女。そして——玖珂無色に身体と力を引き継ぎ、死んでしまった初恋の少女。

無色は彩禍として誰にもバレないよう学園に通うことになるのだが……油断すると男性に戻ってしまうため、女性からのキスが必要不可欠で!?

シン世代ボーイ・ミーツ・ガール!

1

# 王様のプロポーズ

King Propose

橘公司
Koushi Tachibana

[イラスト]——つなこ

最強の初恋
シリーズ
好評発売中!
ファンタジア文庫